赤松中学
イラスト／閏月戈
やがて魔剱のアリスベル
ヒロインズ・アソート

――Episode X-01――
『心のキレイな人にはいい事がある』
なんてのはお伽話で……P.10

「錬金術《れんきんじゅつ》、はご存知ですよね？
これはそれを行うための釜《かま》なのですよ」

立花《たちばな》・氷焔《ビーニャン》・アリスベル

64個集めるとどんな願いも叶うという〝鳳の欠片《カラット》〟を集める戦いの最中に主人公・静刃と出会い、そのまま彼の家に居候している《魔女》。元々は旧華族のお嬢様だった。

原田《はらだ》静刃《せいじ》

国策によって異能力者を集めた居鳳高《いのうこう》へと入学させられた少年。過去のある体験から女性を避けるように暮らしてきたが、彼の周りには魅力的な女の子が次々と登場する……！

「錬金術《れんきんじゅつ》……言葉としては知ってるけどよ」

「——体育の練習には体操服を着る必要がある」

京菱《きょうびし》キリコ

日本屈指の大財閥・京菱グループのお嬢様。居鳳高には自ら入学してきた。共同戦線《コミュニティ》女子メンバーでは唯一の入学時からのX組生徒で、静刃のクラスメイト。

——Episode X-02——
京菱キリコは逆上がりができない……P.52

「ちょっと相談したい事があるから、あたしの家に来てよ」

黛《まゆずみ》 ビビ
居鳳高に通う現役女子高生にして、とあるアイドルグループに所属する芸能人でもある《魔法少女》。ややキツめの性格をしているが、仲間や友達を大切に思う一面も。

——Episode X-03——

スター・ストーカー・ストーカー……P.96

「お兄ちゃんのため……!」

「せーくんのため……!」

原田《はらだ》 祈《いのり》
静刃と一緒に暮らす、中学生の妹。血は繋がっていない義理の義理の兄妹という間柄だが、その正体は防衛省から送り込まれた静刃の監視役。

桃井《もも い》矢子《や こ》
居鳳高X組の二年生で、静刃の一つ上の先輩。静刃の義理の義理の姉でもあり、現在は原田邸で同居中。回復・支援魔術が得意な《白魔女》として静刃たちをサポートする。

——Episode X-04——

妹は兄のために、姉は弟のために……P.144

「女性差別の代償は高く付くぞ、公安０課の亡霊ども」

貘《ばく》
人の恋心を食べ、代わりに武具を生み出す《妖》。故あってアリスベルの欠片集めを手伝っている。静刃と出会う以前、神戸を拠点としていた頃に「公安０課」を名乗る集団の襲撃を受けるが――？

――Episode X-05――

パンスペルミアの追撃者《チェイサー》……P.196

「ばッ……貘！　てめェ……！」

公《こう》安《あん》0《ぜろ》課《か》

正式名称は「警視庁公安部 公安第０課」。

元々は大日本帝國時代、日英同盟の折に大英帝国の００《ダブルオー》シリーズを手本として創設された政治警察組織を前身とする。後に特別高等警察を経て警視庁公安部に引き継がれ、公安０課となった。戦後はＣＩＡ（アメリカ合衆国中央情報局）とも緊密な関係を築き、中国政府の不興を買う所となる。民主党への政権移譲に伴い組織は解体され、主だった組織構成員は抹殺もしくは国外追放とされたが、２０１２年に自由民主党が政権を奪還した後に再編成され、活動を再開している。

メンバーには「殺しのライセンス」が与えられ、殺人を含むあらゆる手段を用いて国難に対応する、内閣総理大臣直下の超法規エリート戦闘部隊である。


デザイン／渡邊宏一（有限会社ニイナナニイゴオ）

やがて魔剱のアリスベル
ヒロインズ・アソート

【Episode X-01 『心のキレイな人にはいい事がある』なんてのはお伽話《とぎばなし》で】

静刃

神奈川《かながわ》県横須賀《よこすか》市、居鳳町《いのうちょう》——
俺《おれ》、原田《はらだ》静刃《せいじ》の通う居鳳高はその郊外にある。
パッと見の印象は……
そうだな……
爽《さわ》やかな、お嬢様学校ってとこだな。
白亜《はくあ》に煌《きら》めく新校舎。
その校舎を囲む桜の木々。
制服も白いセーラー・ブラウスに、少しアイドルっぽい赤のチェックスカート。
近隣《きんりん》の住民の皆さんには、ちょっと少人数制の平凡な私立女子校として知られている。
だがその実態は違う。
まるで違う。
まず——

居鳳高は平凡な私立校ではない。

そのフリをしてるだけの、異能力を持つ生徒を隔離《かくり》教育する国策校。

俺には細かな違いが分からんが、超能力者《ESP》、巫女《みこ》、魔女《マッキ》、魔法少女《マッキーナ》、人外の血族《ライカンシス》などなどの生徒が自ら入学し、または俺のように強制入学させられた学校なのだ。

あと女子校でもない。

そもそも俺がいるしな。

ただ去年までは女子校だったので、男女比は大きく女子に傾いている。

というか男子は俺1人だ。

確実に男と判明している他《ほか》の生徒には、まだ会った事がない。

世間的には羨《うらや》ましがられそうな環境だが……

周りがみんな女っていうのは、実はツライ。孤独なだけだ。

さらに孤独感が増す事に、俺はその居鳳高のX組というクラスに所属している。

呼び方こそ「エックス」だが、先輩《せんぱい》に聞いたところその意味は×《バツ》。

育成不能の「×組《バッテンぐみ》」なんだそうだ。

X組は今まで居鳳高も教育したことがない、新型の、未知の……つまり、はぐれ者の異能が入るクラス。

その教室だけがキラキラの新校舎ではなく、離れの旧校舎に追いやられているのだ。

俺《おれ》は1年だが学年は関係なく、先輩《せんぱい》も含めてX組の生徒数は実質5人。首都圏で過疎校《かそこう》の気分が味わえる、ナニコレ珍百景的な学級なのである。

俺は、最初……

自分がどんな異能を持ってるのかすら知らず、こんな学校のしかもこんなクラスに入れられて、戸惑《とまど》ったものだ。

しかし入学して半月以上も経《た》った今は、もう慣れた。

人間には適応能力というものがあるからな。

パニック状態というものは、そんなに長くは続かないように出来ているんだよ。

というワケで——

今や俺はこの居鳳高《いのう》・X組の教室で、放課後このようにリラックスして昼寝ができるまでになったのである。

夕方、誰《だれ》もいない静かな教室で——

「……」

俺は短い午睡から目を覚ます。

(アリスベルの、夢を見た)

カーテンを揺らす春風の中、俺は隣《となり》の席……アリスベルの席を見て、苦笑する。

立花《たちばな》・氷焔《ビーニャン》・アリスベル。

香港《ホンコン》育ちの日本人。

黒髪ツインテールを赤いリボンで結った、少しツリ目の美少女。

ここまでなら、普通の学校にいてもギリギリおかしくないのだが……

ここは居鳳高。異能の生徒が集《つど》う、トンデモ学校だ。

このアリスベルも、ゲームなどでお馴染《なじ》みのいわゆる『魔女』という存在なのである。

それも普通の高校にもいるという自称魔女の不思議ちゃんではなく、リアルに魔女。

それこそゲームに出てきそうな戦闘タイプの魔女で、荷電粒子砲《メビウス》という得体《えたい》の知れない光を敵に放ち、一撃で戦闘不能にできる子なのだ。

敵って誰だよという話だが、この居鳳高では生徒同士のケンカが——いわゆる異能バトルというものに発展してしまうのだ。ガチで。

そういう修羅場《しゅらば》では、アリスベルは頼もしい仲間と言える。

俺とアリスベルは凶暴な魔法少女《マツキーナ》や戦闘ヘリみたいなメカ少女と命懸けで戦ってきたんだが、いつも決め技はアリスベルの荷電粒子砲だった。

——そう、アリスベルは《強い》。

その必殺技だけじゃなく、通常の戦闘能力も極めて高い子だ。

超能力少女（俺の妹）と戦ってた時に見たが、妙な剣術を使うしな。

剣術——アリスベルの制服のスカート内には、いくつものパーツに分かれた刃物が格納されている。

そのパーツは集まると土星の輪みたいな形の『環剱《かんけん》』という剣になり、アリスベルはそれをフラフープみたいに扱うのだ。

その剣術は隅々まで我流で、きわめて対処しづらいもの。

そんな恐ろしい女のアリスベルと、俺《おれ》が……とりま仲間でいられるのは、俺がアリスベルの性格を嫌いじゃないからだ。

というのもアリスベルは、何事に対しても《まっすぐ》。

何かしら目的があると、そこに対して真摯《しんし》に、良くも悪くも一直線に取り組む子なのだ。

その様《さま》は、そばで見ていて気持ちいい。

俺みたいにダラダラしがちな人間にとっては、見習うべき存在といえる。

また……その……

俺がアリスベルと仲間でいるのは……

……アリスベルの外見が悪くないというか、ぶっちゃけ、俺の好みだからでもある。

そもそも、俺は昔いろいろあって——女ってものを避けてきた。

だが、その自分ルールをつい忘れちまうほどかわいいのだ。アリスベルってやつは。

まず背丈《せたけ》は小さめだが、胸はX組の高1の女子で1番大きい。

着やせするタイプなのか、普段は巨乳という印象はないのだが……アリスベルが走ってたり
それこそ格闘戦などをしてる時には、上下左右へと躍動するその88センチDカップについ目が
行ってしまったりする。本能的に。

つまり、いわゆる《隠れ巨乳》というやつ。

あ……ッ。

そうじゃなくてだな。

外見よりも人格だ。

俺がアリスベルと組んで生活したり戦ったりしていられるのは、あいつの人格が――

――《信頼》に、足るものだからだ。

見た目はあくまでオマケ要素だよ。

アリスベルは生真面目《きまじめ》で正直者。育ちの良いお嬢様なんだ。帰国子女特有の、ちょっと天然
ボケなところもあるけどな。

そして、ちなみに……

さっき俺がそのアリスベルのどんな夢を見てたのかと言うと、彼女がイチゴ大福《だいふく》をパクパク
食べてる夢だ。

そう。

――アリスベルは《イチゴ大福が大好物》。

その大好物っぷりは常軌を逸《いっ》しており、居鳳町《いのうちょう》の商店街にある和菓子屋のイチゴ大福《だいふく》を20個ぐらい一気に食べたりする。

まるで正月のモチ吸いみたいで、見てて心配になるよ。

などとアリスベルの事ばかり考えていたら、

「――静刃君《せいじ》？」

「うおっ！」

そのアリスベルに後ろから声をかけられて、俺《おれ》は飛び上がった。

びっくりしたなぁ。いたのかよ。

「何を考え込んでいたのですか？」

「ん？ 俺はアリスベルの……じゃない、べっ別にどうでもいいだろそんな事」

立って向かい合うと、アリスベルは身長差のせいで俺を上目遣《うわめづか》いに見上げてくる。

その黒く円《つぶ》らな瞳《ひとみ》に見つめられた俺は、少し赤くなりながら――

「ていうか、それは何だ」

半分は赤面をごまかすために、半分は本当に疑問に思って、アリスベルが両手で持っている金属の鍋《なべ》みたいな物を指した。

その物体は手鍋より少し大きく、アリスベルが持ってるとリスがクルミを運んでるみたいな感じだ。

「これはアルキニアですよ」

「俺は異能の専門用語は好きじゃない。てか、分からん。俺にも分かるような言葉に翻訳《ほんやく》して喋《しゃべ》れ」

俺に命じられたアリスベルは、黒髪ツインテールを揺らして小首を傾《かし》げ……

「翻訳、ですか。直訳だと『錬金釜《れんきんがま》』といったところでしょうか。マニュアルもありますよ」

などと、茶色い紙束をポケットから出してきた。

「錬金釜……？」

俺はそのマニュアルとやらを受け取る。

だがそれは麻紙《あさがみ》に手描《てが》きされた古い物で、経年劣化が酷《ひど》い。読めたもんじゃないな。

それ以前に英文じゃねーか。

読めねえよ。

と言う顔をした俺に、

「錬金術、はご存知ですよね？」

アリスベルはその釜を差し出して見せてくる。

その表面には細かい文様《もんよう》が彫金されてあり、フタには透明で大きな宝石が嵌《は》められている。

いかにも魔女が持ってそうな……あやしげな釜だ。

パッと見からして、うさんくさい。

「錬金術《れんきんじゅつ》……言葉としては知ってるけどよ」

「これはそれを行うための釜《かま》なのですよ。もう材料は中に入れてありまして」

ぱか。

アリスベルはフタを開けて中身を見せようとしてくれたが——

その際、ちょっと胸を突き出すような姿勢を取ってくれてしまった。

そのため、居鳳高《いのう》のセーラー服の胸元に88㎝Dカップの谷間がクッキリと見え……

俺《おれ》がつい本能でそっちの確認をしてしまったせいで、釜の中の確認はできなかった。

かといって『すまん。お前のオッパイ見てたから見逃した。もう一度中を見せてくれ』とも言えないな。

どんな材料が入ってたのかは、見るのを諦《あきら》めよう。

どうせ錬金術の材料なんか見たって分からんだろうし。

「——錬金術は昔から魔女《マッキ》にとって腕だめしのようなものなのです。今では様々な錬金技術が公知の技術となっていますが、その実践《じっせん》は全《すべ》て難しい事なのですよ」

俺に胸の谷間をチラ見された事に気づいてないアリスベルが、説明を続ける。

「私は魔女として、錬金釜による物質の錬成を成功させたいのです。錬金術に成功したなら、私は自分で自分をもっと認められるようになる。それは私の個人的な喜びでもあります」

ふーん。

なるほど。

向上心のお高いこって。

「こんなもんどこで買ったんだよ」

と俺が聞くと、

「通信販売です。魔女の業界にもネット通販はあるので」

うわぁー……

うさんくささに拍車がかかったな。

「元はイギリスのちょっとしたお宝だった品を、中国の業者が売ってたのですよ」

俺から英文の説明書を返却されつつ、アリスベルは誇らしげに釜を見せてくる。

ちなみにアリスベルは香港《ホンコン》育ちの日本人で、日本語はもちろん、英語、広東語《カントン》が喋《しゃべ》れる。

今後グローバル化していく日本に必要な人材ともいえるのだが、魔女なんかやってる時点でカタギの世界からはドロップアウトしている……世間的に考えると、惜しい子だ。

「本物なのかよ?」

「ええ。ですが、普通人が買ったらインチキなオカルト商品とされてしまう品物でしょうね。魔女が使わないと、これはただの炊飯釜《すいはんがま》としてしか使えない物ですから」

「へー」

「そこで静刃《せいじ》君。魔女の道具として、あなたに私の手伝いをする名誉を与えます」

にっこり。

アリスベルは愛らしい笑顔で、ヒドイことを言ってくる。

この発言における道具とは俺《おれ》のことであり、俺はアリスベルのお手伝いを喜んで行うことが前提となっているのだ。アリスベルの中では。

過去いろいろあったせいで、俺はアリスベルにとってハサミやセロハンテープと同レベルの『道具』として認識されており、協力を断ると面倒なことになるのだが……

「手伝いって、何をさせるつもりだよ。俺には戦闘に関係ない異能は無いぞ」

こんな学校に通っていて言うのはアレだが、俺は極めて限定的なたった1つの能力を除けばただの男子高校生。

世間でイメージされる魔術や超能力みたいな便利な異能力はない。

「釜《かま》っていうぐらいだから、火にくべるのか？　火の番でもしろってのか」

「いいえ、この釜は人の感情にく、べ、る釜です。感情を吸収して段階的に錬金《れんきん》を進めるタイプの錬金釜なのですよ」

アリスベルは釜を机の上に置き、スカートのポケットから伊達《だて》メガネを取り出している。

「人の感情？」

「はい。どんな感情が必要なのかは、この釜のフタについている宝石の発光色で示されます」

眼鏡《めがね》をかけたアリスベルは、ペラリ。

英文のマニュアルをめくった。

「なので、静刃《せいじ》君は釜が指示する通りの感情になってくれればそれでいいのです。ちなみに、この釜は『男性の感情にしか反応しない』との事でして」

「ますます……うさんくさいなァ。百歩譲《ゆず》ってお前たちみたいな異能がこの世に存在することまでは認めてやらんでもないが、今度はそんな魔法のアイテムだなんて……」

俺が眉《まゆ》を寄せると、

「まあ。『妖刕使い《ようとう》』の静刃君がそれを言うのですか？」

アリスベルは、チラリ。俺が自分の机に立てかけている特殊な日本刀——言われてみれば、これも魔法のアイテムってやつだな——を見て言い返してくる。

うーん。

「というわけで、手伝ってくれますね？」

「……そのマニュアル。ページが少し破けてるじゃねーか。そんなんで、ちゃんと錬金を成功させられるのかよ？」

「仕方ないでしょう。この錬金釜セットはリサイクル品として、破格で流通していたものなのですから。マニュアルもセコハンなのです」

「ていうか、なんで後ろの方のページが破けてるんだよ」

「前の持ち主が鼻をかむのにちぎってしまった、と、オークションサイトの免責事項に書いてありましたが」

「鼻って……」

問題のマニュアル、後半部分は、英英辞書のようになっている。

そこには感情を表す英単語が羅列《られつ》されてあり、確認してみたところアルファベットの『T』で始まる部分のページが欠損しているようだ。

「……」

——さて。

降って湧《わ》いた、錬金術《れんきんじゅつ》の手伝い話。

どうしようかな。

錬金術とは……そもそも、中世ヨーロッパの人々が文字通り黄金を作り出そうとして行った諸々《もろもろ》の研究のこと。

当時は上手《うま》くいったり上手くいかなかったりしたらしいが、そこで培《つちか》われた研究成果は後の世の化学や薬学、それとあまり知られていないことだが——様々な料理の元にもなったのだ。

そして、現代。

ネット通販で売られていたこの錬金釜《がま》。

見た目はうさんくさいが……

本物の魔女が持ってきたんだし、本物は本物なんだろう。

そして、錬金術と言うぐらいだから……

（『金』を作りだす釜なんだろう）

金。

すなわちゴールド。

２０１３年４月現在、純金の価格は世界的に高騰《こうとう》している。

この錬金術が成功したら、いくらか分け前をもらう形で……相当な額の報酬《ほうしゅう》をせしめる事ができるかもしれないぞ。

俺はケータイで金相場のサイトを見ながら、

「……どのくらいの重量作るつもりなんだ？」

アリスベルに尋《たず》ねる。

金は重量で取引されるものだからな。

「重さ、ですか？　作ってから量ってみないと分かりませんが……このぐらいの大きさの物を作るつもりですよ」

と、アリスベルは手でテニスボールぐらいの大きさを作って見せた。

（となると……）

電卓で体積を計算し、そこから重量を導いてみたところ、さすが金。自然界によく見られる物質の中で最も比重が重い金属なだけあるな。

そんな大きさでも、なんと約3kgになる。

その総額は……

い、1500万円とかだ！

その金を分配してもらう形で報酬《ほうしゅう》をもらえば、しばらく生活費に困らなさそうだぞ。

「よし、手伝ってやる」

「急に前向きになりましたね」

「ただし——錬金《れんきん》に成功したら俺《おれ》にも分け前をよこせ」

「そういう事でしたか。では重量の10%を差し上げましょう」

お嬢様育ちということもあり、普段は比較的気前のいいアリスベルが……

妙にケチくさい分配率を提案してきたな。

出し渋《しぶ》ってる感じだ。

「30%よこせ」

「そんなにはダメです。15%」

粘《ねば》るなあ、アリスベル。

ってことは、とても純度の高い金が作れるんだな。

俺も粘らせてもらうとするか。

「20%……！」

「では、総重量の20%ということで。そんなに報酬をお渡しするのですから、作業中は口答え厳禁ですよ。しっかり頑張って下さい」

「ああ、わかった」

握手を求めてきたアリスベルに応じながら、俺は心の中でガッツポーズをする。

純金600グラム。

300万円は下らないぞ。

俺は両親共に他界しており、その遺産を食いつぶすような形で生きている。

食費、光熱費、ムダに広い我が家の固定資産税……支出ばかりで収入がないのは心許《こころもと》ないと、常日頃《つねひごろ》から思っていたところだ。

そう。

世の中、金なんだ。

その金が稼《かせ》げるとなれば、怪しい錬金術にだって荷担してやろうじゃないか。

しかも仕事は、錬金釜《がま》の発光色をマニュアルと照らし合わせたアリスベルの……指示通りの感情になるだけ。

笑えと言われれば笑う。

怒れと言われれば怒る。

そうやって、その錬金釜とやらに俺の感情を供給してやればいいんだろ?

──楽勝じゃねーか。

よし、大金は目の前だぞ……！

というわけで。

アリスベルと2人で校門に向かう帰り道……俺《おれ》は包帯で巻いて隠した日本刀──『妖刕《ようとう》』という名の、黒鞘《くろざや》の刀──を持って、歩く。

うちの学校は異能力を持つ生徒が通う高校だ。

ケンカ等に備えて、自衛のために武装しておく必要があるからな。

で、良く言えばレトロな、悪く言えばボロい旧校舎から出て、白亜《はくあ》の宮殿みたいな新校舎の前を横切って歩いてると……

──くいくいっ。

人けのない噴水の前で、アリスベルに制服の袖《そで》を引っ張られた。

「静刃《せいじ》君。さっそく光りましたよ」

「何がだよ」

「もう忘れたんですか。錬金釜《れんきんがま》がです」

そう言われて、アリスベルが抱《かか》える錬金釜のフタを見ると──

てっぺんの宝石が、青色に光っている。

で、片手でマニュアルを繰《く》ったアリスベルが、

「青は、Fear……『恐怖』です。静刃君、恐怖を感じてください」

無茶振りしてきたぞ。

「恐怖って。言われて感じるような物でもないだろう」

俺が正論を語ると、アリスベルは、ぷくぅ。

ほっぺたを膨《ふく》らませた。

「口答えは厳禁と言いましたよ」

「他《ほか》の感情にしてくれよ。できれば『楽しい』とか『気持ちいい』で」

「感情の選択《せんたく》はできないのです。どんな感情が必要なのかは、釜が自動的に選ぶのです」

「不便だな。安物を買うからだ」

いまいち労働意欲を見せない俺に――

アリスベルはその形のいい美少女眉《まゆ》を、キッ。吊《つ》り上げた。

そして、ちょい。

錬金釜を自らのツインテールの間、頭の上にのっけてる。

バランス感覚いいな。

ていうか、何やってんの？

「では恐怖を感じてもらいます」

アリスベルはその場で、くるっ、くるっ。

バレエやフィギュアスケートのように、爪先《つまさき》立ちして回り始めた。

くるくるくるっ……！

アリスベルがコマみたいに回ると、遠心力でスカートが持ち上がって行き……

「……っ……！」

俺《おれ》が本能的に見てしまったアリスベルの白い太ももは——

ほぼ付け根まで見える状態だ。今や。

しかし、あとちょっと（？）というところで、スカート内部から遠心力で次々と飛び出してきたものがある。

それは——

——1つ1つが弧状《こじょう》をした、刃物。

一瞬《いっしゅん》、俺の服を掠《かす》める位置までピョンピョン飛び出してきた刃物は、ちゃきちゃきちゃき！

と、空中で連結されていき……

見る間にフラフープのような大きさ、土星の輪のような形状の刃物となった。

——『魔法陣環剱《サークルエッジ》』。

通称『環剱《かんけん》』と呼ばれる、アリスベル専用の円弧剣だ……！

ぎらり。

鋭い刃《やいば》が、その外周に煌《きら》めく。

アリスベルはピンと指を伸ばした手を広げ、環剱を自らの細い腰の周り——浮き輪みたいな位置に据《す》えた。

そして、

「ハイ！」

片膝《かたひざ》を上げ、伸ばした片足で立ち、ピタッと静止した。古いカンフー映画に出てくる拳士《けんし》の決めポーズみたいに。

これは……たぶん、ポーズをキメて威嚇《いかく》してきたつもりなんだろうな。

だが小柄なアリスベルがやると単にカワイイだけだし、その頭には釜《かま》が載ったまんま。

ちょっとマヌケだ。

「——耶《ヤ》ッ！」

それでもまだぼけっとしていた俺に向かって、アリスベルは指をピンと立てた両手で——環剱を押し出すように、突き出してきた！

「あっぶね！」

とっさに、俺の左手が、握っていた日本刀を突き出し返す。

鞘《さや》を握る手の親指で鍔《つば》を押し、カバーの包帯から僅《わず》かだけ覗《のぞ》かせた白刃《はくじん》で——火花を散らしつつ、アリスベルの環剱を受け止める。

この刀──『妖刕《ようとう》』は、俺《おれ》の唯一《ゆいいつ》の異能力。

危険な物事が起きそうになると、俺の視界にゲーム画面のような『表示《ガイド》』を出す機能があるのだ。

その表示に従って刀を動かせば、大体どんな危機からも身を守ることができる。

それだけじゃない。

どんな相手でも斬《き》り殺すことができる。

表示とは、そういう機能なのだ。

加えて、妖刕は俺の中で普段眠っているもう1人の獰猛《どうもう》な俺──つまり潜在能力を開放する。

『潜在能力開放《オープンアクト》』と呼ばれる機能だ。

そのおかげで、今の俺は視力・体力・瞬発力《しゅんぱつりょく》・あらゆる能力が常人の何倍かに上昇している。

「どうですか静刃君《せいじ》!?」

ぐりんっ、と腰周りでそれこそフラフープのように環劔《かんけん》を回し、アリスベルが訊《き》いてくる。

刃《やいば》は空中で、また俺を真っ二つにしかねない曲線の軌道を描《えが》いたぞ。妖刕で受け流したが。

「どうって何がどうなんだよ！」

「恐怖を感じますか!?」

「感じてる感じてるッ、十分感じた！　だからもうやめろ！」

俺が後退しながらそう言うと、アリスベルは頭に載せていた錬金釜《れんきんがま》を体の前に落下させた。

そして、ぽん。

膝《ひざ》でワントラップし、釜のフタを見て――

「ウソをついても分かりますよ！　静刃君は、まだ恐怖を感じていません！」

まだ宝石が普通に青く光っているのを確認し、環剱を新体操のようにぐりんぐりん回しつつ襲《おそ》いかかってくる。錬金釜をまた、頭の上に戻しつつ。

俺は妖刕の力を借り、潜在能力開放を強めていく。

だが、アリスベルの強いこと強いこと。

――そう、アリスベルは《強い》。

掛け値なしに強いのだ。

人けのない噴水前で、俺はアリスベルに追い回される。

いや。

追い回されるどころか、追い詰められていく。

――一歩間違えりゃ斬られるぞ。マジで。首とかを。

コイツは……

恐いぜ、掛け値なしに……！

アリスベルが俺をガチ攻撃することは、これが初めてでは無い。

というか日常茶飯事だ。

なので最近、俺《おれ》も逃げ方を心得てきた。

今回は校門を出て角を曲がったところにあるマンホールのフタを開けて、地下に逃れている。

ちなみに、錬金釜《れんきんがま》は……

しっかり恐怖した俺の感情を吸収したのか、青い光を強めてからパッと消滅させていた。

なのでその旨《むね》をメールで地下から連絡すると、アリスベルからも「錬金釜を確認したところ、確かにそのようです。恐怖心はもう十分なようですね」というメールが返ってきた。

……よかった。

(大金のためとはいえ、命懸けだな……)

俺は光ケーブルなどが敷設《ふせつ》された地下通路をトボトボ歩いて自宅そばまで帰り、地上に出て、クモの巣を払いながら帰宅する。

「ただいまー……」

ガチャ、と、ドアを開けると。

玄関の先にある階段の上から、ゴロゴロッ！

さっきの環剱《かんけん》が、転がり落ちてきた！

「——どうぇ！」

ありえない奇声を上げながら、俺はまた潜在能力開放《オープンアクト》しつつ横っ跳《と》びで環剱を避《よ》ける。

ガスンッ！

環剱は玄関ドアを貫《つらぬ》いて半分ほど食い込み、ドアから虹《にじ》が出ているような前衛アートっぽい光景を形作る。

なんてこった。

直撃を食らってたら、キレイに二枚下ろしにされてたね。俺。

これは——

アリスベルの剣術で、最もショッキング度の高い荒技。

円という形状を活《い》かして環剱を車輪のように転がし、遠隔《えんかく》から敵を一刀両断にする技だ。

通称、八つ裂《ざ》き光輪《こうりん》。

「お見事です！」

2階へ続く階段の上には——

居鳳《いのう》高の短いチェックスカートを少々際《きわ》どい角度でヒラつかせつつの、アリスベルが立っていた。

小脇《こわき》には例の釜を抱《かか》えており、フタについた宝石が黄色い光を放っていたが……

それがピカッと一旦《いったん》強く光ってから、発光が止《や》んだ。

「なッ……何がどう見事なんだよ！」

ブチギレながら叫ぶ俺に、

「黄色く光った時は、Surprise――『驚愕《きょうがく》』が必要ですので」

アリスベルは釜《かま》を指して、ニコっと微笑《ほほえ》んでくる。

「他《ほか》の方法で驚《おどろ》かせよ！」

そう。

アリスベルは、何事に対しても《まっすぐ》。

目的があれば、そこへ向けて妥協《だきょう》や寄り道をせずしっかり頑張る子なのだ。

それがたとえ、俺《おれ》への虐待《ぎゃくたい》行為であっても。

潜在能力開放《オープンアクト》のために俺が鯉口《こいぐち》を切っていた妖刕《ようとう》の鍔《つば》では、リリッ、リリッ――

「……ッ……！」

断続的に鳴り響《ひび》く非常ベルっぽい音と、赤い光の点滅が始まる。

これは、警報。

妖刕は3分間しか全力で機能する事ができず、使用可能な残り時間が1分を切ると……音と光でアラートしてくるのだ。

そっちは八つ裂《ざ》き光輪《こうりん》で、こっちは言わば、カラータイマー。

まるでウルトラマンごっこだな。高校生にもなって。しかも、リアルに命を懸けての。

その後も、憎《に》っくき錬金《れんきん》釜はなんか知らんが青色（恐怖）とか黄色（驚愕）にばっかり光りやがった。

そのたびにアリスベルは環剱《かんけん》をスカートから出し、俺を恐《こわ》がらせたり驚かせたりする。そもそもアリスベルは我が家に（家賃を一切払わず）居候《いそうろう》してるから、逃げ場がないのだ。学校行ったら隣《となり》の席だし。

（な、なにか……他に……もっと楽しい感情を求めたりはしないのか？　錬金釜は……！）

ギプスをつけた腕を吊《つ》り、足に包帯を巻き、目には青タンを作った俺は……

次はいつ光るかと、釜に怯《おび》えながらの生活。

英語はニガテだから、あのマニュアルを見てもどうせ分からんだろうが……

必要な感情に『断末魔《だんまつま》』とか『発狂』とかがあったらどうしよう。

アリスベルは、悪い意味でもまっすぐちゃんだからなあ。やりかねんぞ。

と、錬金釜に怯えつつの下校中……

「錬成は8割ほどできたところです。もうすぐ完成ですよ。楽しみですね」

釜を抱《かか》えて隣を歩くアリスベルは、ニコニコ。感情を収穫《しゅうかく》しようと俺の近くにいたがるから、こっちは気の休まるヒマがない。

「……」

葉桜の並木を2人で並んで歩いていると……

う。

光った。

錬金釜《れんきんがま》の宝石が、今度は桃色に光ってる。

「……光ったぞ」

さりげなくアリスベルから距離を取りつつ、いつでも妖刕《ようとう》を抜刀できるようにしてから俺《おれ》はそれを指摘する。

「まあ。桃色は今まで見たことがないですね」

「どんな感情になればいいんだ」

さらに距離を取り、緊張でドキドキしながら尋《たず》ねると……

「えーっとですね、ピンクはですね」

アリスベルはマニュアルを見て、ペラペラとページを繰り……

ぴき。

固まった。

そして、

「……Se…性的興奮《Sexual excite》…？」

などとSのページを覗《のぞ》きこんで……

かぁあぁぁあああぁぁあああぁ。

赤面していく。

際限なく。

「なんだよオイ。お前の英語は発音が良すぎて分かんねーんだよ。日本語にして教えろ」

身の危険がかかっている俺は説明を求めるが、アリスベルは、ふるふるっ。

ツインテールを左右に振り回しつつ、首を横に振った。

「こ、これはダメですっ」

「そんなに危険なのか」

「危険ではないのですが、その」

「じゃあ、なんでダメなんだ。俺がその感情になるのは不可能なのか？」

「えっ」

「今までみたいにアリスベルが俺に何かして、指定された感情に俺がなる——って事は不可能なのかって事だよ」

「えっえっ」

アリスベルはツンツン睫毛《まつげ》の大きなお目々をまんまるに見開いて、かあぁぁぁぁ。

「えっえっえっ……!?」

どんどん赤くなっていく。

こいつの大好物のイチゴみたいに、真《ま》っ赤《か》だ。

「ハッキリしないな。アリスベルらしくない。お前と俺とで協力して、その感情になることが可能なのか不可能なのか、それだけでも教えてくれよ。安全保障上」

「あ、えっ、そのっ、か、かかか可能――か、可能は可能かとッ！」

「お、おいっ……震《ふる》えながら叫ぶなよ。気持ち悪いぞ」

「い、いえ、ですからこの、これはその」

「危険が無い感情なら、個人的には儲《もう》けもんだ。その感情になってやるよ。錬金《れんきん》を中断したら、また最初からやり直しになるんだろ？」

「え、あ、はい。で、でもっ……！」

「あーもう。桃色は何の感情の色なんだよ！」

むずかるアリスベルを問い詰めると、

「……」

どうしても言いたくないのか、アリスベルはほっぺたを膨《ふく》らませて怒り顔になった。

そして黙って、俺《おれ》を睨《にら》み上げてくる。

どうしても言いたくないらしいが……

だからって、ダンマリとかって。

お前は子供か。

「じゃあそのマニュアルをよこせ。俺が自分で、ケータイの辞書サイト使って翻訳《ほんやく》するから」

と、俺がアリスベルに手を伸ばすと、

「きゃっ！」

アリスベルは、ぴょんっ。

まるで痴漢《ちかん》にでも遭遇《そうぐう》したかのようにバックステップで距離を取った。

その拍子に、ひら。

マニュアルが宙を舞い、ちょうど俺の手に乗っかる。何がしたいのアリスベルお前。

というわけで俺はボロいマニュアルの、さっきアリスベルが見ていたとおぼしきページ……

Sで始まる英語の感情一覧《いちらん》を覗《のぞ》き込む。

すると、

「こここここの感情はダメです！　錬金は中断！　1からやり直しますよ！」

アリスベルが酷《ひど》いテンパりようで詰め寄ってきて、マニュアルを奪《うば》おうとしてくる。

「なんでそうなるんだよ、今までの苦労が水の泡になるだろっ。ちょっと読ませろ！」

「せせせ静刃君《せいじ》のエッチ！　ていうか静刃君はモーレツにエッチです！」

がいんっ！

同じ事を2度言ったアリスベルは、錬金釜《がま》を振り上げて俺の脳天に叩《たた》き付けてきた。

「いてッ！」

「エッチ！　スケッチ！　ワンタッチです！」

がいんっ！　がいんっ！　がいんっ！

アリスベルは釜《かま》を思いきり頭上に掲げてから、上半身全体を前後に振って俺《おれ》の頭に叩《たた》き付けてくる。サッカーのスローインみたいな感じで。

その威力《いりょく》は、凄《すさ》まじいのだが——

凄まじいのは威力だけではない。

打ち下ろされる釜のせいで次第に前かがみになっていく俺の目の前で、だむんっ！

だむゅんっ！　だむゅんっ！　だむゅんっ！

と上下に躍動するアリスベルの……

……む、胸ッ……！

（——で、でかいッ！）

そう。

アリスベルは俗に言う《隠れ巨乳》。

普段はシャキッとしているのであまり目立たないが、そのバストは88㎝D。

小柄な高校1年生らしからぬ、傑出した胸のサイズを誇るのである。

その両胸が今、俺の目の前で、これでもかと上下動している。

アリスベル自身はそれに気づいていないが、これは凄まじい……

……光景、だッ……！

「エッチ！　スケッチ！　ワンタ——あ、えっ……？」

えらく古風な罵倒語《ばとうご》と共に俺《おれ》の脳天を殴《なぐ》っていたアリスベルは……

錬金釜《れんきんがま》のランプがピカッと桃色に輝いてから消えたのを見て、キョトンとしている。

その光景を最後に——

俺は、バッタリと倒れるのだった。


その日の夕方——

腕にギプス、足には包帯、頭にできた鏡モチのような多重タンコブ（俺は昭和のマンガか）には氷嚢吊《ひょうのうつ》りつき氷嚢をチョウチンアンコウっぽく載せた俺は……

最初にこの錬金釜の話を持ちかけられたのと同じ、他《ほか》には誰《だれ》もいない夕暮れの教室にいた。

そこでアリスベルと２人、机に載せた錬金釜を挟《はさ》んで座っている。

「——もう錬金は99％完成しました。紆余曲折《うよきょくせつ》ありましたけど」

「ありすぎだぞコラ」

俺はボヤキつつ、錬金釜を睨《にら》み付ける。

本来ならアリスベルを睨むべきなのだが、そうすると「何か不満でもあるのですか」からの環剱《かんけん》が出る。

ので、俺は視線すら自由にできない。

泣けるね。

「どうあれ、次の感情吸収で最後ですよ」

などとアリスベルが喋《しゃべ》っている途中で、

「あっ……」

「お……」

錬金釜の宝石が——

水色に、輝き始めた。

これも今までになかった色だ。

「水色、は……どのような感情を求めているのでしょう？」

アリスベルはマニュアルをペラペラめくって、水色に該当《がいとう》する感情を探す。

だが——

見つからないようだ。

「……ありませんね」

「って事は、アレだな。そのちぎれた『T』のページにあった感情なんだな」

そもそも、この錬金釜はアリスベルがネット通販で買った安物。

そのマニュアルもボロボロで、一部のページなんか前の持ち主が鼻をかむのに破ったとかで欠けてしまっているのだ。それが、Tのページだ。

「どうやらそのようですね……」

と、アリスベルはマニュアルの欠けた部分を残念そうに見つめる。

「欠けたページは、アルファベットの『T』で始まる感情の一覧《いちらん》――水色とは、そのどれかを求める色なのでしょう」

アリスベルは人差し指を自らの口元にあて、うーん、と考えている。

「こうなれば、Tで始まる様々な感情を試してみますか？」

「……」

非効率的な話を持ちかけてきたアリスベルに、俺《おれ》は何も答えない。

答えずに、錬金釜《れんきんがま》を見つめる。

まぁ、その『T』で始まる感情が何であろうと――

今後について。

その俺の意志は、ほぼ固まっているんだ。

（錬金術が……歴史的にあまり成功しなかった理由が、少し分かったな）

純金600グラム。

俺は――

およそ300万円の価値がある金《きん》のために、ずいぶん無茶をさせられたもんだよ。

ハッキリ言って命懸けだった。相方《あいかた》がアリスベルだったせいもあるけどな。

俺は金《かね》に目が眩《くら》んでこの話に乗ったが、金で命は買えないんだ。

回りくどい体験ではあったが、学んだよ。

この錬金釜に。

「──アリスベル。俺はここで降りる」

世の中、金じゃない。

命あっての物種だ、ってね。

金はいずれ、まっとうな仕事でコツコツ稼《かせ》ぐさ。

俺は心を入れ替えたんだ。

だから後悔《こうかい》はない。

「えっ」

俺の、ジョークではないムードの声に──

アリスベルは長い睫毛《まつげ》の目を見開いて、顔を上げた。

「そんな。どうしてですか。あと一歩で錬金が完成するというのに」

「それをお前が言うか？　俺はこれ以上お前に追い回されて命を危険に晒《さら》したくない。報酬《ほうしゅう》は要《い》らない。最後の1%用には、他《ほか》のヤツを雇《やと》え。予定してた報酬は、そいつにやれよ」

心のキレイな人にはいい事がある。

なんてのは、お伽話《とぎばなし》で。

信じちゃいないさ。そんなこと。

だから俺《おれ》は別に、ハッピーエンドが目当てで心を入れ替えたワケじゃないんだ。

この錬金釜《れんきんがま》と、もう関《かか》わりたくない。

それだけなんだ。

「……分かりました」

アリスベルは俺の頑《かたく》なな空気を読んだのか、割と物分かりよく頷《うなず》いた。

そして、そのパッチリした大きな二重《ふたえ》の目で俺をまっすぐ見つめてきて――

こう、続けた。

「でも静刃《せいじ》君。私は決して労働力のタダ取りはしませんよ」

そして宝石を水色に光らせたままの錬金釜を前に、穏《おだ》やかに微笑《ほほえ》んだ。

「終わったら、重量の20％を差し上げるという契約でした。ここまで一緒に頑張ってくれたんですから、錬金が成功したら、どうぞ……そうですね、では19％を受け取ってください」

身長差のせいで、俺を見るアリスベルは――上目遣《うわめづか》い。

その目に、俺は……

苦笑いを返してしまう。

きっちりしてるなぁ……と。

そう。アリスベルは真面目《まじめ》なのだ。

そこはなんというか――

信用、できる子なんだよ。

（心のキレイな人にはいい事があるなんてのは、お伽話《とぎばなし》……ってのは、本当の事だけど……）

この子のためになら、そのお伽話を信じてもいいんじゃないか？

この裏表のない、正直者のアリスベルのためになら。

そんな気分にさせられるような、屈託《くったく》のない、本当にいい顔だった。アリスベルの微笑みは。

それに――

俺たちは、超常現象が当たり前に起きちまう居鳳高《いのう》に通ってるんだ。

（お伽話の1つや2つ、信じてもいいだろ？）

そんなアリスベルへの俺の感情を読み取ったかのように――いや、実際のところ読み取ったのだ――錬金釜はその宝石を、キレイな水色に一度強く光らせた。

そして、スッ、とその光を収まらせた。

「まあ……静刃君……！　錬金釜が感情を吸収しましたよ。Tで始まる感情です。静刃君は今、どんな感情になっていたのですか？」

目を丸くして尋《たず》ねてくるアリスベルに対し、俺もこの偶然には驚《おどろ》きながら――

「さ、さあな。俺にも分からん。真相は、闇《やみ》の……いや、釜の中だ」

と、照れ隠しで言った。

本当は分かっていた。

英語の苦手な俺《おれ》でも、中学レベルの英単語はさすがに知っているからな。

Tで始まる、今の気持ち。

——Trust——

信頼。

俺はアリスベルを、《信頼》しているのだ。


心のキレイな人にはいい事がある。

どうやらそれは本当のことだったらしいぜ。

俺が心を入れ替えた途端《とたん》、錬金《れんきん》は完成したんだからな。

これで金が手に入るぞ。

俺はちょっとゲス顔になりつつ、机に載せた錬金釜《がま》を開ける時を迎えた。アリスベルと共に。

「苦労しましたね。でもついに完成です。私は、いえ……私たちは、やり遂《と》げたのです」

アリスベルはレースのハンカチを取り出し、感動の涙を吸い込ませている。

俺もワクワクするぞ。

純金の塊《かたまり》なんてお宝、見たこともない。

しかも俺は、その2割をもらえるのだ。

結局最後まで手伝ったんだからな。

何度も言うようだが、純金600gは300万円。大金だぞ。

何を買おう。

もちろん生活費にも充当するが、まとまった金を拝めるんだ。PCをハイスペック機に買い換えよう。スマホも買おう。タブレットもだ。新しいゲームやマンガ、ラノベも買い放題だな。アニメのブルーレイ・ボックスも――ドーンと買っちまうか！

いやー、錬金術は素晴らしいね。

――そして――

……ぱかっ……

ついにアリスベルが、錬金釜のフタを開ける。

中を覗《のぞ》いたアリスベルは、

「……成功です……！」

開口一番、ツインテールを跳《は》ね上げて満面の笑み。

（どれどれ）

と、俺も釜の中を覗き込む。

その中には、おおっ。眩《まぶ》しい。

テニスボールほどの大きさをした――

眩《まばゆ》いばかりに――

輝く、白い――

ん、ん……？

白い……？

「静刃君《せいじ》！　これこそ錬金術《れんきんじゅつ》によってのみ生成される、至高のイチゴ大福《だいふく》です！」

……

……

イチゴ大福が。

入っていた。

錬金術とは純金を作る術だろうというのは、俺《おれ》の思い込みで……

そもそも後の世の化学や薬学、そしてあまり知られていない事だが、様々な――

（料理の元にもなった、術……ッ……！）

震《ふる》える手で俺が掬《すく》うようにイチゴ大福を取り出すと、アリスベルは目をキラキラさせて手の中を覗《のぞ》き込んでくる。

そして、あむん。

キレイに２割を残して、いきなり俺の手からイチゴ大福を食べてしまった。

「おい……しい……っ！」

ふにゅーん……！

と、ほっぺたを手で押さえ、とろけるような幸せいっぱいの笑顔になるアリスベル。

そのアリスベルを前に、命懸けの日々の報酬《ほうしゅう》となった『齧《かじ》りかけのイチゴ大福』を手に——

魂《たましい》が抜けたようになっている、俺。

そう。

アリスベルは《イチゴ大福が大好物》。

なんだよな。

ていうか、俺……

心、入れ替えたのにッ……！

心のキレイな人にはいい事がある、なんてのは——お伽話《とぎばなし》だったな！　やっぱり！


— The Daily Life Continues —

【Episode X-02　京菱《きょうびし》キリコは逆上がりができない　】

——京菱キリコは逆上がりができない。

——高校1年生にもなって。未《いま》だに。


俺《おれ》、原田静刃《はらだせいじ》が通う居鳳高《いのう》は——

異能力者を隔離《かくり》教育する国策校とはいえ、一応の一応は学校だ。

だから、体育の授業もある。

だが、俺のような『正体不明の異能』が所属するX組は生徒が実質5人しかいない。

なので、体育は男女合同。その上バスケやサッカーといった、頭数のいるスポーツの授業は不可能だ。

まあ……それらは、しょうがない事だろう。

もし男女別でやれと言われたら、俺、1人で体育をやることになっちゃうし。

バスケをやるにも1チームしか作れないし。

サッカーに至っては1チームも作れないしな。

というわけで、今日……

俺、アリスベル、ビビ、キリコ、矢子《やこ》さんのX組生徒5人は、体育教諭・八九藻《やくも》先生の指導のもと、『鉄棒』の授業を受けている。

先生はそれぞれの生徒に応じた課題を出しており、俺は校庭の片隅に何基かある鉄棒の1つで懸垂《けんすい》をやらされている。

正確に言うと、先生がこっちを向いた時だけ懸垂をやってるフリをして、あとは新巻《あらまき》ジャケのように鉄棒にぶら下がっているところだ。

まあ、気楽なもんだよ。

だけど……

（居鳳高の体育って、目の毒なんだよなぁ）

視界内であれやこれやの鉄棒の技を披露《ひろう》する女子4人の体操服は、白い丸首シャツと紺色《こんいろ》のブルマだ。

なにげに長い歴史があるらしい居鳳高には、いまだに昭和を引きずってるような古い校風がいくつかある。

ブルマや旧型のスクール水着といった指定の体育着は、その1つだ。

で、彼女たちがはいているブルマというものは……ハッキリ言ってほとんど下着と同じ形をした、化繊《かせん》のスポーツ用パンツ。

盗撮されたりで廃止されていったのも納得《なっとく》のいく、なんだか妙なフェチ的いやらしさのある体操着なのである。

いや、まあ、あれは誰《だれ》が何と言おうと体操服。

それに対してヘンな事を考えてしまう、俺《おれ》の方が悪いんだが……

「――んっ」

ヒラリと鉄棒に膝《ひざ》をかけて回転をするビビの、丸いオシリ。

ブルマのせいで、その形がハッキリ分かってしまう。

しかもよく見るとあれ、パンツの形も微妙に浮き出てないか？

ほっそいのはいてるな。高校生のくせに。

ていうか、ビビは普段スカートで隠れている腰回りのスタイルも完璧《かんぺき》だ。さすが、有名じゃないとはいえ本物のアイドルだけあるよ。

「よいしょ……えいっ……！」

もも掛け上がりからの前回りで、あまり運動神経のよろしくない足つきで着地する矢子《やこ》さん。

さすが1人だけ高2の先輩《せんぱい》は、発育が違う。

太ってるってワケじゃないけど、上半身も下半身もむちむちしていらっしゃる。まるで成年コミックのキャラみたいだ。

鉄棒から下りる動作で躍動するJカップの胸。

ブルマが裂《さ》けちゃうんじゃないかってぐらいに張ってる、ド迫力ヒップ。

男子として本能的に目を見張っちゃうものがあるな、あれには。

「――はいっ……！」

優等生のアリスベルは――

体育でも、しっかり優等生。

2m以上の高さにバーのある鉄棒を使って、棒の上で倒立するわ、大車輪からの1／2捻《ひね》り宙返りでまた鉄棒に戻るわ……

異能の使用が暗黙の了解で禁じられている中、文句なしでスゴイよ。成績5は間違いないな。

もちろんアリスベルもピチピチの胸や全身を躍動させてるんだが、技がスゴすぎて俗な事が考えられないぐらいだ。

技と一緒に流れる黒髪ツインテールも流麗《りゅうれい》で、見とれちまうよ。

……一方……

子供っぽい体型のせいか体操服がよく似合う京菱《きょうびし》キリコは、

「ほれ、お前も何かやってみいや。技は何でもええから」

などとジャージ姿の八九藻《やくも》先生に命じられて鉄棒の前に行くものの、ボケーっと突っ立ったまま何もしないでいる。

ゆらり。

一陣の風に、キリコの銀髪のツインテールが靡《なび》いた。

でも、本体は動いてない。

「……」

普段から無口で無表情なキリコだが、それに無行動まで加わったな。

まるでインストールされてないプログラムを起動させろと言われているような、メカっぽい固まりっぷりだよ。

これには先生も困り顔で、

「えーっと。じゃあ逆上がり、やってみろや。ほれ、こういう技や」

――くるりっ。

小学生レベルの課題を、キリコに実演しつつ命じてる。

それを見たキリコは、ようやく鉄棒をつかむ。

そして八九藻《やくも》先生の見よう見まねで……

――ひょい、ひょいっ。

ちょっとダブダブめの運動靴《ぐつ》をはいた左右の足を、バラバラと蹴《け》り上げた。

だが、その足は鉄棒より高く上がることすらなく……

――どたどたっ。

砂っぽい校庭の地面に、両足ともに落ちた。

さらに、だらーん。

キリコの腕は伸びきってしまい、ブルマの下半身はM字開脚《かいきゃく》のポーズになってしまっている。

無表情のままで。

高校生にもなって逆上がりのできない生徒が自分のクラスにいた事を知った八九藻先生は、ショックを受けた顔だ。

「も、もっぺんやってみい」

「……」

キリコは改めて鉄棒の前に立ち、逆上がりを試みるが……

ひょいひょいっ。

どたどたっ。

で、最後はまた同じポーズ。

脚《あし》を広げ、だらりと両腕を伸ばして鉄棒から垂れ下がっている。

それがあまりにも無様だったので――

「……くくっ」

俺《おれ》はつい、笑ってしまった。ビビも吹き出しそうな顔をしてる。

だが、この声を上げてしまったのが運の尽き。

八九藻先生は眉《まゆ》を吊《つ》り上げて俺の方を向き、

「こら原田《はらだ》！　できん子を笑ったらアカン！　ウチはイジメとかそういうの、許さへんで！」

プリプリと怒った。

イジメとか……って。じゃあ殺し合いはどうなんだよ。こないだ俺《おれ》、あんたら教務科に生徒同士での決闘を命じられたんだぞ。

だがそんな抗議をする空気でもないので、

「いや、それを言うならビビも笑って……」

俺は先生の怒りの矛先《ほこさき》を分散させようと、鉄棒から降りてビビを指さすが――

ぱっ。

ビビはヘラヘラ笑ってた顔から瞬時《しゅんじ》に『キリコ大丈夫《だいじょうぶ》？　頑張って！』というような表情になってる。なんという演技力。

その結果、先生に『鉄棒のできないクラスメートをバカにした』と認識されたのは俺１人。

その罰として……

「原田《はらだ》。お前、キリコに逆上がり教えたれやッ。明日再テストするからな。キリコが逆上がりでけへんかったら――お前も連帯責任、体育の成績下げたるぞ！」

などと、理不尽《りふじん》な命令を下されてしまったのであった。

将来にこれといった夢や目標のない俺にしてみれば、学校の成績などは本来どうでもいい事なのだが……

この異能力者だらけの居鳳《いのう》高に通う身になってからは、そうとも言えなくなってきている。

というのも、もしあまりにも成績が悪く留年などということになれば……

この狂気の学校に、1年余計にいなければいけなくなるのだ!

生徒同士に殺し合いの決闘を命じるような学校にもう1年いるとなると、それはマジで命に関《かか》わる大問題。

しかもこの学校、去年まで女子校だった事もあり——男子が極端に少ない。

俺的には孤独な、一刻も早く出てしまいたい空間なのである。

なので俺は、キリコの逆上がりの練習に協力するしかない。

あーもう。面倒だな。


京菱《きょうびし》キリコはJR居鳳駅から南に位置する、海辺の地区に住んでいる。

その地区の1/3を占有しているのが、京菱イノベーティブという企業の敷地だ。

京菱イノベーティブは自衛隊の装備品、要は兵器を製造してる京菱重工の子会社で……名前から分かる通り、キリコはその京菱グループのお嬢様。というか、この京菱イノベーティブの代表取締役社長はキリコなのだ。高校生なのに。

夕方——

京急《けいきゅう》バスで『居鳳ヶ浜《いのうがはま》』停留所に降りた俺は、その近くにある京菱イノベーティブのやたら大きな正門に着いた。

「おいキリコ。俺《おれ》だ、静刃《せいじ》だ。今、お前ん家《ち》の前に着いたぞ」

インターホンは見あたらなかったので携帯でそう連絡すると、

『——了解。静刃はそのまま、メイン研究棟のレセプション・ロビーに来るように』

抑揚《よくよう》のない声で、キリコが返してきた。

土地が余ってるのか公園みたいになってる敷地内を、俺は杉《すぎ》並木やダリウス風車型発電器を横目に歩いていく。

(キリコは、ずっとここに住んでるんだよな)

ここはキリコの仕事場・兼・自宅。

敷地内にはリゾートホテルのようなキリコの家がある。

だが、キリコの家族はここにはいないそうだ。こんな広い所なのに。

学校で休み時間に聞いたんだが、キリコには両親の他《ほか》に姉が2人いる。だがみんなは都内の豪邸《ごうてい》に住んでいて、キリコだけがここに住んでいるらしい。

親元を離れて居鳳《いのう》高に通うためという事情もあるんだろうが、話を聞いた俺の印象としては……姉たちばかり親に可愛《かわい》がられていて、キリコはハブられてるというか、育児放棄《ほうき》されてるような感じがした。事実そうでないことを祈るけどな。

そんな事を考えつつ、俺は……

前も来たことのあるガラス張りの美しいビル、メイン研究棟に着いた。

パッと見そうは見えないが、ここは工場。

とはいえテレビや自動車の工場とは異なり、主にキリコが非凡な発想力で造り出す先端科学兵器の試作機工房《こうぼう》のような施設なのだ。

自動ドアをくぐって入った1階のホールは、足元がマーブルの大理石。

今は受付嬢はいないものの、IT企業っぽい近未来的デザインのレセプションがある。

良く言えば無駄《むだ》のない、悪く言えば人間味に乏しい、無機質なロビーだよな。

普通の会社ならありそうなジュースの自販機とかタバコの灰皿とか、そういったものは無い。

花や絵が飾ってあったりもしない。

（洒落《しゃれ》っ気が無いよな。花の女子高生が社長やってる会社だってのによ）

これはこれでスタイリッシュでオシャレって見方もあるんだろうけど……な。


その後キリコに内線で誘導されたE会議室へ向かう間、俺は五つ菱《びし》マーク（京菱《きょうびし》家の家紋であり、京菱グループの社章だ）入りのキャップをかぶった若い女性職員と数人すれ違った。

彼女たちが妙に驚《おどろ》いた顔で俺を見ていたのは、俺が男だからだろう。

なんでかは知らないが、ここは全職員が女性だそうだからな。

E会議室の自動ドアが開くと――

室内には居鳳高《いのう》のセーラー服姿のキリコと、私服に白衣を重ねた小柄な女性がいた。

2人はPAD《パッド》──パーソナル・アーセナル・ドレスと呼ばれる航空パワード・スーツ──のデザインらしい複雑な図面が映し出されている大画面を見て、何やら話し合っている。

キリコはいつも通り冷静というか感情がない感じだが、もう片方は妙に明るい感じの人だな。ちぐはぐなコンビだ。

「──レドンダⅡとグリーン・ラジーンのトライアウトは失敗したけど、キリコちゃんに手を貸してもらったセオドアだけは上手《うま》くいったのだ。やっぱ、キリコちゃんは本番に強いタイプなのだ！　って……あやや っ？　キリコちゃん、お客さんが来てるのだ？」

俺《おれ》に気がついてそう言った、子供っぽい声と喋《しゃべ》りと外見の彼女は……

外見に反して、どうも年上みたいだな。

一応持ってきていた、妖刕《ようとう》の表示《ガイド》で分かる。

「あれは原田静刃《はらだせいじ》。キリコのクラスメイト」

「おー？　お家《うち》でもあるここに呼ぶだなんて、原田くんはキリコちゃんのカレシなのだ？」

お姉さんは1人で盛り上がって、つんつくとキリコをつっついてるが……

「ナンセンス」

キリコよ。そんなに一刀のもとに切り捨てるのはいかがなものか。

もっとこう、女子らしく可愛《かわい》く慌《あわ》てたりとかはしないのか？

いや、まあ……

感情というものが欠如《けつじょ》しているキリコに、それを求めてもムダなんだろうけどさ。

椅子《いす》から立ち上がってこっちへ来たキリコは、お姉さんを手で示す。

「――紹介する。彼女は平賀《ひらが》文《あや》。月の半分はアメリカにいるが、京菱《きょうびし》イノベーティブの社員で、キリコの助手」

紹介された平賀さんが、「よろしくしくよろなのだー」などと俺にピースしてくる。

テンション高めの人だな。

なんか喋り方がオタクっぽいというか、ヘンだけど。

ていうか、キリコには自分より年上の助手がいるのか。

まあキリコだし、不思議じゃないが。

「おっ、ＰＡＤのプラモデル……か？」

テーブル上にカッコいい模型を見つけた俺は、その１つを手に取ってみる。

ＰＡＤとは誘導弾やらガトリングガンやらを搭載した、キリコが着込む科学の鎧《よろい》だ。

その模型は関節可動式の美少女フィギュアに着せられていて……

ＰＡＤのデザインが、アニメやゲームの影響《えいきょう》をモロに受けていることがよく伝わってくる。

それを２人でデザインしてたって事は、キリコだけじゃなくこの平賀さんという女性もアニメ好きのオタク女子なのかもな。

などと考えていると、ちくっ！

「いてッ」

俺《おれ》が持っていたPAD《パッド》の模型が、ちっちゃなプラスチックのナイフで指を突《つ》いてきた。

ケガはしなかったが、驚《おどろ》いて俺が手を離すと……模型はテーブル上に転がって、殻《から》みたいなパーツを閉じた。フィギュアは体育座りになり、そのホオズキみたいな形の殻に閉じこもる。防御姿勢になったっぽい。

……すごいな。この小さな模型にもちゃんと自律変形機構を組み込んでるなんて。

（……ここは、兵器工房《こうぼう》。迂闊《うかつ》にあれこれ触らない方がよさそうだな）

まかり間違ってこんなちっぽけなプラモにやっつけられてしまったら、カッコ付かなさ過ぎるし。

「それは対戦シミュレーション用のミニチュア。静刃《せいじ》が搭乗した白刃《ハクジ》や、クリムゾン・ベル、レタ＝デルオロ、シャノンの模型もある」

などとキリコが言うが……

「おいキリコ。俺は遊びにきたんじゃないぞ。八九藻《やくも》先生に命令されたの、お前も聞いてたろ。お前に逆上がりの特訓をさせに来たんだよ」

「キリコちゃん、逆上がりできないのだ？」

「前回りも成功確率は30％」

俺の不安感が30％増する回答を平賀《ひらが》さんにしたキリコは……

「今日のミーティングはここで終了する。平賀文《あや》はD7テストルームでさっきの件を準備しておくこと」

などと年上に対しても命令口調で語っている。

平賀さんもそういう事は気にしないタイプの人なのか、「りょーかい！」と片手で敬礼して、ばちこん、と下手《へた》なウインクで応じていた。

トコトコ歩くキリコについていくと……

キリコは廊下を渡って、キレイに清掃された無機質なロッカールームに入っていく。

俺も中に入ると、キリコはロッカーの1つをSuicaみたいな非接触ICカードで開錠《かいじょう》し、中から体操着の入った袋を取り出した。

そして何の前置きもなく、ちぃーっ。

「──！」

セーラー服のブラウスのジッパーを、下ろしちまったよ……！

「おっおいキリコ、なっ……！」

ブラジャーの一部が見えて慌《あわ》てる俺の眼前で、キリコは、しゅるっ。すぽっ。

銀髪ツインテールをぴょこんと上下動させ、小学生、それも低学年みたいな恥じらいゼロでブラウスを脱いでしまった。

そこだけは年相応に出っ張った胸を包む……

キ……キリコの……

し、下着が、丸見えになってるぞ。今。

ちょっと病的なほど色白な肌《はだ》によく映《は》える、限りなく白に近い水色のブラだ。

子供っぽいキリコがそれをつけてるのを目にすると、なんだか犯罪的な気分になっちまうよ。

「……何やってんだよ！」

セリフ後半をようやく言えた俺《おれ》に、キリコは……きろっ。

感情の籠《こ》もってない、赤い瞳《ひとみ》を向けてくる。

「着替え。見れば分かるものと推定する」

「そ、そうじゃなくて、お、俺の前で……ぬ、脱ぐとかって……！」

「——体育の練習には体操服を着る必要がある。そのためには、今着ている制服を脱ぐ必要がある。従って、これは必然性に基づいた着替え」

などとキリコなりの理屈を語るキリコは……

しゅるっ。

チェック柄のプリーツスカートも、ためらいなく脱いでしまう。

こっちも出た。

ヘソ下に前後を分かりやすくするための白いリボンがついてるだけの、シンプルな、パンツ。ブラと同色の。

俺も俺でテンパるなら見なけりゃいいのに、相手がキリコだと思うとつい見てしまう。

というのも以前アリスベルやビビは水着への着替えを見た俺を殺すような攻撃をしてきて、キリコもそれに先駆けて攻撃をしてきたという経験があったのだが……

どうも今の発言から考えて、キリコはノゾキ等ではない必然性のあるシチュエーション下でなら、生《なま》着替えを見られても平気らしいのだ。

だがキリコは自分でも言ってた通り着替えているだけなので、特段、体を見せつけてくれるようなサービス性のある動きはしてくれない。

逆に、意地悪く隠すような事もないのだが……結局、キリコは木綿《もめん》の丸首シャツをテキパキ着て、すぐ下にもブルマをはいてしまった。

そして、くる、とこっちを向き、

「ここからは、静刃《せいじ》の指示に従って行動する」

一言そう言った後は小動物のように、無言・無表情で俺を見上げてくる。

自分ではどう特訓すればいいのか分からないから、指示待ちモードになったって事かな。

そこで一応、小柄なキリコを頭のてっぺんのツインテール、それを結う赤い玉飾り《キリコボール》から……

つま先までを見回した俺は……

「お前、腕細いなぁ」

つい、見たままを言ってしまう。

「ちょっと俺《おれ》の腕を引っ張ってみろよ」

力がどのくらいあるのか試そうと思って手を差し出すと、キリコは、ぎゅ。

俺の手を両手で握って、ちょっと引っ張った。

「力いっぱい引っ張ってみろよ。全力で」

「これが全力」

「えっ、これでか？」

力、弱《よわ》っ……！

キリコめ。筋力不足にも程《ほど》があるぞ。

いつもあれこれ機械に頼って暮らしてるからだ。

しかし、このパワー不足。

逆上がり以前の問題だな。

かといって、筋力は一朝一夕《いっちょういっせき》につくものでもない。

せめてまずは力が出そうなものでも食べさせよう。肉とか。

俺は手を離させ、キリコを見下ろす。

「キリコ、お前夕食は摂《と》ったか？」

「まだ」

「じゃあ、まずは食事だ。体育はハラペコじゃできないしな」

「まだ夕食の時刻ではない。昼食は摂ったので、栄養分は足りている」

「とか言ってお前、またあのシリアルしか食ってないんだろ」

「ナンセンス。あれは必要な栄養素を短時間で正しく摂取《せっしゅ》する合理的な食事」

「そうじゃなくて、力のつく食べ物を食べて、みなぎるパワーで臨《のぞ》むべきなんだよ。スポーツってもんは。運動会の前にもカツ丼《どん》を食ったりするだろ？　勝負にカツ、って願掛けとして。食事にはそういう、人にやる気を出させるって側面もあるんだ」

「ナンセンス。静刃《せいじ》は非科学的」

「居鳳《いのう》高に通っててそれ言うか？　いいから何か食え。お前さっき俺の指示に従うって言ってたろ」

「――了解した」


……と、いうわけで。

俺は廊下にいた社員のお姉さんを捕まえて、何かキリコ社長に体力のつきそうな食事を用意してもらうことにした。

お姉さんはレストランみたいな社員食堂《カフェテリア》（なんと社員は何を食べても無料！）で、キリコにサイコロステーキ定食とミロを運んできてくれる。

そしてキリコ社長の滅多《めった》に見られない、というか多分唯一《ゆいいつ》の友人こと俺《おれ》にも気を利《き》かせてくれたらしく、同じものを提供してくれた。

キリコはその高カロリー食をペロリと平らげ、大きなマグカップを両手持ちしてミロも飲んだ。

そうして2人で腹ごしらえを終えた後は、いよいよ逆上がりの練習に向かう。

工房《こうぼう》には兵器の試作品をテストする体育館のような部屋があり、その部屋の隅には可搬式《かはんしき》の鉄棒がちゃんとあった。

「へぇー凄《すご》いなキリコ。お前ん家《ち》、鉄棒あったのか」

「さっき作った」

「……お、おう」

サラリと言われてちょっと引いたが、兵器を日々作ってるキリコにしてみれば、鉄棒ぐらいレゴ感覚で作れちゃうんだろうな。

「じゃあ……いいかキリコ。お前の逆上がりの成否には、お前だけじゃなく俺の体育の成績も懸かってる。明日の本番に向けて、頑張るんだぞ」

俺が厳しく言うと、キリコは、こくり。

一応、首を縦に振った。

「じゃあ、まず鉄棒をつかめ」

と言うと、キリコは、こくり。

また頷《うなず》いて、ぎゅ。

鉄棒をつかみ……

そのまま指示待ちモードになる。

「よし。そのまま1回トライしてみろ。最初はできなくてもいいから」

俺に命じられたキリコは……

ひょいひょい。どたどた。

体育の授業で見たのと全く同じ、逆上がりの失敗をした。

鉄棒にブラ下がり、脚《あし》を広げて、だらしないM字開脚《かいきゃく》になっているところも同じだ。

「……っ……」

周囲に人の目がないのと、キリコが恥ずかしがらないのとで……

俺はつい、キリコの両脚の間にあるブルマを割としっかり見てしまう。

って……い、いかん。

ていうか卑怯《ひきょう》だろ、俺よ。

体育の特訓にかこつけて、いやらしい視線で女子の体を見るのは。

それにアリスベルやビビ、矢子《やこ》さんや祈《いのり》ならともかく、キリコは比較的発育が悪い。よくて中学生、ヘタすりゃ小学校高学年みたいな体だ。

見たい部分を惜しげなく見せてくれるからといっても、さほど嬉《うれ》しい話でもない。俺《おれ》がロリコンだったら涙を流して喜んでたかもしれないけどな。

そんな俺の困惑《こんわく》はさておき、立ったキリコは無表情でデフォルト位置——鉄棒の前に戻る。

「さて……」

俺は自分が出来るから意識した事もなかったが、さっきネットで調べてきた所によると……逆上がりのコツとは、体重移動にあるらしい。

まずは体の重心を、鉄棒の下で後ろから前へ素早く移動させる事がキモなのである。

体は胸のあたりで鉄棒に引っかかるよう腕で固定されているわけだから、鉄棒の下で重心が前へ勢いよく移れば、あとは自然と体が鉄棒に引っかかってクルリと回るのだ。

だが、この体重の移動が遅すぎると、全身を回転させるほどの力が生じない。

ちょうど今のキリコのように失敗してしまう。

「キリコ。逆上がりってのはな、お前の得意な物理の応用技なんだ。つまり体重をだな……」

物理の苦手な俺の説明を、それでもキリコは赤い瞳《ひとみ》をしっかりこっちに向けて聞いている。

こういう時、この子の無感情さは悪くないな。

真剣に聞いてくれてる感じがするよ。

「……というわけで、その勢いのある体重移動のために、まずは片足を後ろに思いきり引いた状態で構えてみろ。八九藻《やくも》先生やアリスベルは脚《あし》が長いからオーバーに後ろに引く必要はないが、お前は短足だろ？　モーションコピーするようなノリであの2人と同じように動いたって、できるわけがないんだ」

「静刃《せいじ》の発言に一部失礼な内容があったと断定する。謝罪を要求する」

「逆上がりができるようになったら何時間でも謝ってやる。それはそうと、俺の言ってる事の意味は分かったか？」

「理解した」

おお。

まずは理屈だけとはいえ、キリコのスーパーコンピューター並みの頭がコツを理解したのであれば、これは確かな前進だぞ。

「よし、じゃあ改めてやってみろ」

こくり。

キリコは頷《うなず》いて鉄棒をつかみ、右足を大きく引いて……

ぶんっ、と片足を蹴《け》り上げるように素早く回した。

すると、くる……！

キリコの脚がナナメ上を蹴るように回って、ブルマに包まれたオシリが鉄棒と同じぐらいの高さまで持ち上がった。

いけ、頑張れキリコ！

そのままクルッと回るんだ！

それと立ち位置的に見えたんだが、このアングル、いいな。

女の子のオシリって、なんでこんなにまん丸なんだろう。

などと邪《よこしま》な事を考えていたら——

どさっ！

「——キリコ！」

握力の弱いキリコは逆上がりの途中で鉄棒から手を離してしまい、コンクリートの床に転落してしまったのだ。

それも、頭から。

「おい……大丈夫《だいじょうぶ》か！」

下にマットでも敷《し》いておけばよかった。とも思うが後の祭りだ。

俺《おれ》は大慌《おおあわ》てでキリコを抱《だ》きかかえるが……

キリコは、平然としていた。

（……今の、これは……）

改めて、京菱《きょうびし》キリコという人間の特殊性を思い知らされたな。

というのも、キリコは頭から床に落ちる際に一切怖がる素振《そぶ》りが無かった。

X－1
京菱

平然と、落っこちたのだ。

(感情の無いキリコには、恐怖心すら……無いのか)

今その顔をのぞき込んでも、落下にショックを受けたような素振《そぶ》りはない。

そういったキリコの無感情っぷりには、背筋《せすじ》が寒くなるが……

とりあえず怪我《けが》はなかったし、一安心だな。

「……っ……」

安心すると、俺《おれ》は自分がキリコを抱《だ》きかかえてしまっている事に気づく。

ほとんど、抱きしめているような体勢だ。

その低い身長のせいで見落としがちな事だが、キリコの体はなんだかんだ言っても女子高生の体。

凹凸《おうとつ》もそれなりにあり、筋肉質じゃない分、とても柔らかい。

このまま何十分、何時間でも抱っこしていたいぐらいの……気持ちいい抱き心地の体だ。

ちっちゃいから、腕の中にスッポリ収まるし。

しかもキリコは俺とこれだけ全身で身体接触していても、平然としている。

これは……

(流れで、ちょっとぐらい触っても怒られないんじゃ……)

って、また何でそんなこと企《たくら》むんだよ俺は！

いや、これはキリコという女の子が本能的にそういう事を考えさせる側面も無くはないんだ。

などと責任転嫁《てんか》するのもアレだが、実際キリコは俺の腕の中で黙ってジッとしている。

これはまるで、このままもっと体を触られても構わない——恋人に対するような態度にすら思えてしまうのだ。普通に考えると。

それだけじゃない。こっちとしてはここまで抱きしめといて何も言われない中、それをただ離すのは……キリコに恥をかかせる事のような気さえしてしまう。

だが……

キリコとの付き合いが長くなってきた俺には、分かる。

これはキリコという『感情の無い女子』が俺との間で起こした、すれ違いのディスコミュニケーション。

キリコは、俺を受け入れているから騒ぎ立てないのではない。

ただ、何の感情も持っていないのだ。

この体勢に対しても、自分の服装に対しても、そして……俺に対しても。

そう思うと、俺はこの手を離さざるを得ない。

そんな——言い方は悪いが、心に問題を抱《かか》えている子に、その問題を逆手に取るような形で不埒《ふらち》な事をしようだなんて……

いくらキリコが美少女だからって、恥知らずにも程《ほど》があるよな。俺は。

「ごめんな、キリコ」

キリコの手を引いて立たせてやり、我ながらサイテーな事を考えてた俺《おれ》は……恥ずかしさに顔を下げながら、謝った。

だが、キリコは俺の気持ちを感じ取ることもできず、

「――静刃《せいじ》が謝る事案は無いものと考える」

ただ、そう機械的に返してくるのだった。


その後、キリコが足を振り上げるタイミングで体を支えてやるなど、補助してやっているうちに……

まだ出来ないものの、キリコの動きはだんだん逆上がりに近い形になってきた。

なんというか、惜しいところまでは来ている。

俺の補助さえあれば、くる…りっ…と、ぎこちないながらも回れる事も二度、三度あった。

高度なコンピューターがトライアル・アンド・エラーを繰り返して、プログラムを自律的に修正していくような感じだ。キリコの動きは、だんだんそれっぽくなってきている。

(これは……もうちょっと頑張れば、出来るんじゃないか？)

やましい事を考えないように苦心しつつも、運動靴《ぐつ》の足を上げたキリコのブルマのオシリを片手で押し上げてやれば……くるりっ。また、回れたぞ。

とはいえ……この辺までだな。

キリコは疲れが表情に出ないタイプだが、これ以上練習を繰り返させるのはよくなさそうだ。そろそろ休ませないと、明日に疲労が残るだろうし。

じゃあ、最後にリハーサルといくか。

「よしキリコ。一度、自分の力でやってみろ。俺は手を出さないから」

「了解した。やってみる」

そう言ったキリコは、鉄棒を摑《つか》んで構え――

ひょいひょいっ。

――どたどたっ。

あー……

やっぱり、まだ自力ではできないか。

鉄棒にブラ下がる例のポーズでキリコが言うので、俺は腕組みする。

「できない」

「うーん……でも見たところ、本番では出来るかもしれない感じだぞ。けっこう練習したから、今は疲れもあるだろうし。今夜はゆっくり休め。それで明日、体力が回復した状態でテストに臨《のぞ》むんだ。その1発目でなら、出来るかもしれない。ぶっつけ本番になるけどな」

そんな希望的観測をする俺に、立ち上がったキリコは……ふるふる。

銀髪ツインテールと共に、首を横に振った。

「キリコの計算によると、その状態でも本番で失敗する確率は92％」

「よく計算できるな。でも逆を言えば、8％は成功するかもって思ってるんだろ？　それなら

それでやってみろよ。俺《おれ》は8％に賭《か》ける覚悟はできてるから」

「ナンセンス。キリコはそのリスクを取りたくない」

「取りたくないいったって、取るしかないだろ。言っとくがこれ以上の練習は逆によくないぞ。

ムリすると明日に響《ひび》いて、その可能性がもっと下がっちまう」

「キリコもそう判断している。練習は、これで終了」

「ほら、じゃあ賭けるしかないだろ。リスクを取りたくなくても、他《ほか》にどうするってんだよ」

矛盾《むじゅん》するような事を言っているキリコに、俺が眉《まゆ》を寄せると——

キリコはここで、

「オートキリコがある」

——妙な単語を出してきた。

トコトコ歩く体操服のキリコについて、ゴミ1つ落ちてないリノリウムの廊下を進み……

D7テストルームという工房《こうぼう》の一室に、入る。

そこで——

「うおっ」

俺はついビビって、声を上げてしまった。

そこにもう1人、体操服を着たキリコがいたからだ。

いや、1人じゃない。何人かいる。

ジャンパー・スカートの制服を着た、中学生ぐらいのキリコ。ランドセルを背負《しょ》った小学生ぐらいのキリコ……3人のキリコが、あれこれケーブルのついたイスに座っている。

だが、どれも人間じゃない作り物だって事はすぐ分かった。

3人揃《そろ》って、マネキンみたいに微動だにしてないからな。

特に小学生版のキリコはデキがいまいちで、人工物だという事が外見からも分かるといえば分かる。

室内には他に、ブランコ、バス車内を模した実物大のモックアップ、そして鉄棒もあった。

「キリコちゃん、おかえりー。言われた通り、調整はできてるのだー」

高校生版のキリコのそばには、さっきの平賀《ひらが》さんが立っている。

そして何やら、タブレット型端末を軽快な手つきで操作していた。

「これ……ロボット……か？」

俺は中学生版のキリコに近付いて顔をのぞき込みつつ、本物のキリコに問いかける。

中学生版キリコは、すぐには人間と見分けがつかない顔をしてる。間近に見て粗探《あらさが》しすれば、ようやく人間じゃない事が分かるレベルだ。

高校生版のはもっと精巧《せいこう》で、これは近付いて見ても人間に見える。もう……本物との違いが見あたらない。眠ってる人間みたいだ。ちょっと腕を触ってみたら、ちゃんと温かい。人の肌《はだ》そのものの手触りで、ぷにぷにしてる。

「――広義ではロボット。ただしこれは人間型なのでヒューマノイド。製品のコードネームは『オートキリコ』」

「……オートキリコ……お前が作ったのか？　これも」

「2体は平賀文《ひらがあや》のサポートがあった。平賀文はこの分野に於《お》いて、キリコより先進性がある」

そう言ったキリコは、自分そっくりの高校生版キリコに歩み寄る。

「ほんじゃ動かすのだー」

と、平賀さんがタブレットを操作すると……

ヒューマノイドのキリコが、何度かマバタキした。

それと同時に、人間っぽい動きをし始め……

うぉ……

イスから立ち上がったキリコは、完全にもう1人のキリコって感じだ。

並んで立たれると、一卵性の双子状態だな。

それに俺《おれ》が目を丸くしていると、

「──これを明日の体育のテストに使う」

キリコが、そう宣言した。

「何？」

「オートキリコは本来、キリコに出来ない事をさせる代理のヒューマノイド。今回の用途には合致している。平賀文、3號《ごう》をショータイム」

淡々と命じたキリコにサムズアップした平賀さんが、またタブレットを操作すると──

「京菱《きょうびし》キリコ。キリコは逆上がりをする」

うおっ。喋《しゃべ》った。ロボットの方のキリコが、本物のキリコと全く同じ声で。

そして、トコトコ。

いかにもキリコっぽい歩き方で、鉄棒の方へ歩いていくぞ。

そして鉄棒を摑《つか》んだオートキリコは……

ひょいっ、くるっ。

足を小さくバタつかせつつ──多分、演技だ──逆上がりを、やってみせた。

タブレットを小脇《こわき》に挟《はさ》んだ平賀さんが、パチパチパチパチ、と拍手してる。

「できた」

「これなら成功率は100％」

オートキリコと生《なま》キリコが、同じ声でそんな事を言う。

「……キリコがキリコを造ってたとはな。こんな精巧《せいこう》なロボット、初めて見たぜ」

「違う。静刃《せいじ》はオートキリコを見た事がある」

「えっ」

「半月前、性能テストのため居鳳《いのう》高X組に1日登校させた」

「マジかよ。気づかなかったぞ」

驚《おど》いて俺《おれ》が言うと、

「マジ」

オートキリコの方が答えてきた。

こいつめ、ちゃんと人間の会話を理解しての応答もできるのか。すげえな。

「ついでに2号《ごう》と1号も動かすのだ。あはっ」

逆上がり成功に気を良くしたか、平賀《ひらが》さんはぴしぴしとタブレットをつつき……

「京菱《きょうびし》キリコ。キリコはバスに乗る」

「京びしキリコ。キリコはブランコであそぶ」

中学生キリコと小学生キリコも、動き出した。

それぞれの声は今のキリコよりちょっと高く、いかにも子供の頃《ころ》はこんな感じだったんだろうなという感じだ。

中学生の方のキリコはバスのモックアップに入っていき、こっちに背を向けてつり革につかまる。

身長が低いので腕は伸ばした姿勢だが、これがまたとても自然な感じだ。

小学生の方のキリコはブランコに乗り、きこ、きこ。いかにも子供っぽい足つきでこぎ始めた。

だが、このキリコだけはちょっとロボットっぽいな。

それはそれで不思議な可愛《かわい》さがあるが、やっぱり作り物感がある。

そんな俺の視線に気づいたのか、平賀さんが説明するようにこっちを向いた。

「この女子《J》小学生《S》キリコちゃんだけは、キリコちゃんが小学4年生の時に自作したものなのだ。ちょっとメカっぽい味があるのは、人間らしいファジィ制御とかがキリコちゃんのニガテ分野だからなのだ」

しょ、小学生の時に……？

ちょっと作り物感があるとはいえ、小学生版キリコは自律して歩き、ブランコをこいでいる。遠目に見れば、本物の少女に見えるレベルだ。そこまでのヒューマノイドは、ロボット技術で有名な本田技研工業《ほんだぎけんこうぎょう》でも造るのに苦労するだろう。

それを、小学生の頃に造ってただなんて。

キリコはどこまで天才なんだ。

……そういえば以前、貘《ばく》に聞かされた事がある。

異能とは魔術や超能力のように外側に影響《えいきょう》を及ぼす能力の事だけを言うのではない。時代を先取りしたような超先端科学を発想する者も、『内側の異能』と考えられるのだ——と。

その時は貘《ばく》がキリコをトーマス・エジソンやレオナルド・ダ・ビンチに喩《たと》えてたから眉唾《まゆつば》に思えたものだが……

そこでブランコを漕《こ》いでいるオートキリコを見てると、貘の説を否定できない気がしてきた。

俺《おれ》が持っている異能のイメージとは異なるが、キリコという人間は魔女《マッキ》や超能力者《ESP》よりレアな——彼女もまた、異能といえる存在なのだろう。

「小学校ではオートキリコの登校が発覚し、使用を禁止された。しかし、居鳳高《いのう》に登校させた時には発覚しなかった。従って、今回も使用が可能と判断する。明日はオートキリコによって逆上がりのテストを受け、合格する予定」

などと本物のキリコは、俺に説明してくる。

って、お前なぁ……

「おいキリコっ」

俺はちょっと怒って、キリコを睨《にら》む。

「ズルしたってバレる時はバレるぞ」

「このオートキリコはバレない」

キリコは鉄棒から下りたオートキリコと腕を組み……くる、くる、くるり。

その場でダンスするように回った。くるくる、くるる。

おいよせやめろ。

どっちがキリコか分からなくなる。ていうか、分からなくなっちまったよ。

「バレなければ問題は無い。オートキリコには排泄《はいせつ》、体液の分泌《ぶんぴつ》、発汗といった機能が無いが、それらが不審がられるケースは想定されない」

喋《しゃべ》ったのが本物かメカか、もう分からないが……

俺はとりあえず両方のキリコにまとめて、怒ることにする。

「バレるバレないの問題じゃない。こんな物に頼るな、逆上がりは自分の力でやれッ！」

「——キリコが逆上がりに失敗すれば、静刃《せいじ》も罰せられる。反対するのはナンセンス。それにそもそも明日の体育の時間には、文部科学大臣《もんぶかがく》との意見交換会がある」

って……

そういう事は早く言えよ！

そんな大事な仕事があったんなら、最初から出られねーじゃねーか。キリコは明日の体育に。

じゃあ俺は何のために特訓に付き合ってたんだ。

本当に、キリコは人の気持ちを考えられないヤツだな。

そもそも機械みたいな人格のキリコに対してそういう事で怒るのは間違いかもしれないが、

俺は人間なんだ。腹が立つものは腹が立つ。

なので、

「ああもう知るか！」

俺《おれ》はキレ気味に怒鳴る。

「だけどなキリコ。学校ってのはただテストで点を取りゃいいって所じゃないんだ。努力して何かを成し遂《と》げる、その達成感とかを体験する場所でもあるんだよ。それに……」

教師でもないし口下手《くちべた》な俺は、言いたい事があまりうまく伝えられないが――

「？」

意味を全く理解できていないっぽい、メカか本人か分からないキリコの目を見て……

俺はそれでも、今の気持ちをしっかり言っておこうと思った。

もう、授業の手伝いを先生に命じられたからだけじゃない。

俺は、今の自分の感情をキリコに伝えたいんだ。

伝わるかどうかは分からないけれど、でも、言わなきゃ絶対伝わらない事は確かだ。

――だから。

「俺はそんな事で逆上がりが出来たことにするようなヤツは……キライだッ。俺は……さっき自分の力で逆上がりが出来るようになろうって練習してたお前の方が、好きだったぜ」

という俺の発言を曲解したらしい平賀《ひらが》さんが「きゃー！　ひゅーっ」などと冷やかすような声を上げる。

だが……

4人のキリコは、無感情にこっちを見てくるだけだ。

いいかげん気分が悪くなってきた。

俺1人が感情的になってて、どうせキリコはどこ吹く風なんだ。こういう時は、いつも。

「……もう帰るぞ」

と、一同に背を向けてドアの方へ歩くと……

見送るためか、体操服のキリコが歩み寄ってきた。少し甘酸《あまず》っぱい汗のニオイがするから、これは本物だな。ニセモノは汗をかかないそうだし。

のれんに腕押しなので怒るのはやめにして、俺は一応……さっきの話を聞いて心配になってきた点も、話しておく。

「……文部《もんぶ》科学《かがく》大臣との会合。準備とか大丈夫《だいじょうぶ》なのか？　今日は逆上がりの練習してたから、お前何もできてないだろ。そっちこそぶっつけ本番になっちまう」

問いかけるとキリコは、

「心配いらない。キリコは本番に強い」

体操着のまま俺の横を歩きつつ、そう答えてくるのだった。

翌日の居鳳《いのう》高、X組で1時間目に行われた体育で——

ひょいひょいっ……

くる…りっ。

「おおー！　偉いでキリコぉー！　出来たやん、逆上がり！」

あーあ。

あれがオートキリコだとも知らず、八九藻《やくも》先生は鉄棒の上のキリコに頬《ほお》ずりして喜んでるよ。

だがそれもムリはない。

オートキリコはキリコだと見分けがつかないし、今の逆上がりもいかにも運動神経の悪い子がなんとかギリギリやってのけた……的な演技が入ってた。芸の細かいこって。

「おめでとうございます。今のは初めてできたんですか？」

拍手するアリスベルに、オートキリコは「そう。初めて」などと自然な受け答えをしている。

「昨日の今日で出来るなんて、なんかヘンね。ひょっとして元々できて、昨日は体調悪かったとか？」

ビビはカンがいいな。

後半はハズレだけど、前半はアタリだよ。

あれはニセモノ。オートキリコなんだ。

だが……キリコのズルさに呆《あき》れた俺《おれ》としても、それを暴露《ばくろ》する気はない。

勝手にしろ、って気分だ。

それに昨日の帰りに聞いたがオートキリコは身長体重、体毛の生え方まできっちりキリコと同じ。鼻水や汗といった体液は再現できないらしいが、口腔内《こうくうない》を濡《ぬ》らしてあるニセ唾液《だえき》の成分分析でもしない限り、あれをニセモノだと証明する事は難しいんだそうだ。

みんなの目の前でオートキリコが逆上がりをやって見せた以上……これで、『京菱《きょうびし》キリコは逆上がりができる』って事になっちまうんだな。

鉄棒から下りたキリコにみんなが拍手してるので、俺《おれ》も醒《さ》めた顔で拍手しておく。

で、体育の授業が終わり……

三々五々、みんな校庭から去っていった。

俺は護身のため一応持ってきておいた妖刕《ようとう》を草陰から拾い上げて、X組のある旧校舎に帰ることにする。

すると水飲み場で、このあとの授業にも出席するつもりらしいオートキリコと出くわした。

「……」

ブルマ姿のオートキリコは、無言で俺を見てくる。

なんだよ。何か用か？　ロボットさんよ。

「……」

俺は辺りを見回すが、周囲には誰《だれ》もいない。

……今度こそ……

ちょっと、オッパイでも触ってやろうかな。ズルに荷担させられた腹いせに。

コイツはロボットだし、文句は言わんだろう。

元ネタのキリコが美少女だから、このオートキリコもカワイイし……昨夜《ゆうべ》はキリコのせいで、悶々《もんもん》とさせられたしな。

「……」

「……」

とはいえ、そんな事をするのはそれはそれで勇気がいる。

それにいくら精巧《せいこう》とはいえ、人形にエッチな行為をするのは人として何か大事なものを失いそうな気もするな。

やめとこう。

「ほ、ほら。教室に戻るぞ。こんな所に立ってて電池切れでも起こしたらヤバイだろ。お前の電源が何で、どう動いてるのかは知らんけど」

と、腕を掴《つか》んでX組に連れていこうとしたら……

いま逆上がりをやったその柔らかい二の腕は、少しだけ、しっとりと汗で濡れていた。

あれ。

オートキリコは、汗をかかないんじゃなかったっけ？

「キリコに電源はない。今は昨日のステーキとミロ、あと今朝《けさ》食べたシリアルで動いている」

その声を聞いた時、妖刕《ようとう》が――

『キリコ攻略のヒント：周囲に他《ほか》の女子がいる場合、その女子に同調した行動を取る事がある。他の女子とのイベントシーンに参加させる事で、ハーレムエンドに持ち込める』

――などという、なんだか非倫理《ひりんり》的な表示《ガイド》を俺《おれ》の視界に見せてきた。

これは……妖刕の機能の一つ。俺と女性との関係を上手《うま》くいかせるガイドだ。

貘《ばく》に『こんな機能はいらん』とクレームをつけた事があるが、その時、妖刕の機能は落とせないという断りと共に……この機能は『俺と子孫を残せる相手』に対してのみ働くという話もされている。

子孫を、残す。どんなに精巧《せいこう》でも、オートキリコにそれはできないだろう。真似事《まねごと》はできるかもしれないけどな。

つまり、このキリコは――

「……キリコ……！」

俺は目を丸くして、その本物のキリコを見つめる。

「体育の再テストは終了した。静刃《せいじ》の指示に従って行動するのはここまで」

そう宣言するために俺を待っていたらしい、キリコは……

昨日、俺が『逆上がりは自分の力でやれ』と命令したことに従ったのだ。最後の最後で。

あれだけ自信満々だったオートキリコを使う案を放棄《ほうき》し、８％しかない可能性に賭《か》けたのは

――ただ機械的に指示に従った結果か、それとも俺の気持ちが少しは伝わったのか、そこは、分からないが……

とにかくキリコは自分で逆上がりのテストに挑み、ぶっつけ本番で初めて成功させたのだ。

やるじゃんか。お前――

本当に、本番に強い女だったんだな。

「大臣との会合には、オートキリコと平賀《ひらが》文《あや》を行かせた。心配は不要。以上」

――京菱《きょうびし》キリコは、逆上がりができる。

――今日、この日からは。

―― The Daily Life Continues ――

【 Episode X-03　スター・ストーカー・ストーカー 】

♪♪♪♪　攻撃力強化【大】

♪♪♪♪　防御力強化【大】

♪♪♪♪　体力回復【大】

…………

……

(速《はえ》ぇー)

俺《おれ》は今、京菱《きょうびし》キリコとモンハンを協力プレイしてるんだが……

絶賛、ドン引き中だ。

キリコが上手《うま》すぎて。

このゲームは異能同士の実戦の訓練になるということで、貘《ばく》が推奨《すいしょう》していたもの。

それを少し居鳳《いのう》高のX組で話題にしたら——キリコもやっているというから、放課後にオンラインで一緒にやる流れになったのだ。

で、家に帰ってからオンライン上で再会した俺とキリコは、2人でモンスター狩《が》りに出かけたのだが……

割と本人にも似てるこのハンター・キリコが、人間がプレイしてるとは思えないぐらい強い。支援係に向いた装備をしてるってのに。

おかげで俺は、鋭い双剣をブラ下げてるのに出番が無いよ。

キリコはまずエサを置いて竜《りゅう》をおびき寄せ、それをぼっすんぼっすん狩猟笛《しゅりょうぶえ》でボコりまくる。

たまらず逃げていく竜を追っかけてまたボコる。

なんとも勇ましいプレイスタイルである。

（そういうやり方も、あるんだなぁ……）

キリコが片手間で吹く笛の音《ね》で強化されつつ、それでも俺はネコ1匹ほどの役にも立ってない。

だいたい、人間コンピューターみたいな天才科学者のキリコと……ただの高校生の俺とじゃ、知能レベルが違いすぎるんだ。ゲームをするにしても。

なんかもう、ぶっちゃけ、つまらん。

もうモンスター放って釣《つ》りでもしてようかな。

などと、ふて腐《くさ》れていたところ……

「――？」

俺のケータイに、電話がかかってきた。

キリコに自宅からお小言でも言われるのかと思ったが、発信者は――

（……ビビ？）

黛《まゆずみ》美々《ビビ》。

異能力者を集めた居鳳高《いのう》、その落ちこぼれクラス・X組へと自ら移籍《いせき》してきた物好きな魔法少女《マツキーナ》からだ。

名は体を表すというが、ビビは――美人。

ＡＫＢ48じゃないが、それに準ずるアイドルグループのメンバーでもある。ストラップとかポスターも市販されてるし、Googleをイメ検すれば水着グラビアの画像もヒットするし、YouTubeを検索すればライブやＣＭの映像も少しは出てくる。

学業優先ということで、芸能活動に熱心ではないものの……言わばビビは世間の折り紙つき。本物の美少女なのだ。

夜、そんな女子が俺《おれ》のケータイに電話をかけてきた。

通常ならそれは大変嬉《うれ》しい事なのだろうが、居鳳高の生徒同士という事になると……イヤな予感しかしない。「ちょっといろいろあって、今からアンタを殺しにいくから」とかいう電話（それもガチで殺害しに来る）の可能性だって、少なくない確率であるんだからな。

なので警戒しつつ受けた電話は、

「ちょっと相談したい事があるから、あたしの家《うち》に来てよ。住所はメールするから」

という、さほど危険ではなさそうな話だった。

いや、むしろこれは……

本能的に、少なからぬ期待感を抱《いだ》いてしまう呼び出しだな。ビビは1人暮らしらしいし。

しかもビビには、先日……

戦った後に、突然、その……

キスされた事も、あるんだ。俺は。

しかし経験上、俺にとって女とは危険の呼び水。

ビビも魔法少女で無法者の『魔少女《ましょうじょ》』を自称している危険人物だ。

それと火遊びなんて、命に関《かか》わりかねない。

なので俺はヘンにめかし込んだりはせず、「どこへ行くのだ？」と聞いてきたアルパカ貘《ばく》に「外」と答えて家を出た。


「ヘンにめかし込んだりはしてこなかったわね。後から考えて、ちょっと誤解を招く呼び出し方だったかもって思ってたのよ」

俺の心にしぶとく残っていた微《かす》かな期待感をいきなり砕きながらビビが上げてくれたのは、JR居鳳駅そばのマンションの一室。

近所にはマンガやラノベに強い大型の書店があったり、隣《となり》のビルにはマンガ喫茶があったり

May to June. Only the
kotatsu is taken out long ago
From September to

と、ビビにとって好立地の物件だな。

「じ、自意識過剰《かじょう》って言うんだぞ、そういうの。ていうかこんな遅くに何だ。相談なら電話でいいだろ」

俺《おれ》は持ってきた妖刕《ようとう》を、人の家に上がるので失礼にならないよう玄関に置きつつ尋《たず》ねる。

「そうもいかないのよ。まさかとは思うけど、電話が盗聴されてるかもだし」

などと不穏《ふおん》なことを言い出したビビの部屋、ドアが開けっ放しだった一室には――

萌《も》え系マンガがズラリと並んだ大きな本棚《ほんだな》、アニメのＢＤやギャルゲーを収納したラック、美少女フィギュアを並べた陳列棚などがある。

ビビは女の身空《みそら》で、美少女オタク。

それもかなり熱心なオタクで、自分の好きな『カワイイもの』は偏執《へんしつ》的に、何が何でも入手しようとする一面がある。

そこの本棚にもギッチリ詰まっている薄い本――貘《ばく》が説明してくれたが、『同人誌』というマニア向けアイテムらしい――を入手するため、異能の作戦よりその即売会とやらを優先した事もあるぐらいだからな。

「ずいぶん持ってるなぁ、お前……」

ちょっと呆《あき》れて俺がその部屋に踏み込むと、

「ネットに書き込んだりしたら殺すからね」

ビビは生来ツリ気味の目をよりツリ上げて、居鳳高《いのう》の生徒が言うと冗談にならないタイプの脅《おど》しをかけてくる。

ふと見ると、本棚《ほんだな》には大判の写真集や実写と思われるBDも整然と並んでいた。

AKBとかアイドルの写真集なら俺《おれ》にも理解できるかもと思って、手に取ってみると……

ナニコレ。

年端《としは》もいかない女の子がアニメ風コスプレをしてる、奇妙な写真集だぞ。ブルーレイもそういうのだ。

「これ……小学生に見えるんだが」

その犯罪っぽいラインナップに俺が眉《まゆ》を寄せると、

「そうよ。ジュニアアイドルのJSレイヤー。2・5次。超カワイイでしょ」

ビビは俺がそれに興味を持った＝同好の士が身近にいたと勘違《かんちが》いしたのか、少し嬉《うれ》しそうに説明してくる。

「なんだよ2・5次って……」

まぁ、趣味は人それぞれだからケチはつけないけどさ。これはいかがなものかと思うぜ？

（しかし……）

ビビはアイドルだから仕事の参考にもなるんだろうけど、女は割と初音《はつね》ミクとかにも憧《あこが》れて同性の美少女グッズを集めたりするんだよな。

イケメン俳優《はいゆう》の写真を集めてるっていうんなら、まだ理解できるが……

ほんと、女心ってもんは分からないぜ。

ビビは芸能活動のギャラを特に高いレートでもらえる契約を事務所としており、それなりに裕福だ。

そのためこのマンションも広く、さっきのオタク部屋の他《ほか》に大きなリビングルームもあった。

「ストーカー⁉」

そこでコーヒーをもらいつつ、俺は打ち明けられた相談に目を丸くしてしまう。

「声がでかいわよ」

自分もコーヒーを傾けながらソファに掛けたビビは、不機嫌そうにフレアースカートの下の美脚《びきゃく》を組んだ。

「アイドル《あたしたち》にはよくある話だし、前からヘンなファンがいるって兆候はあったんだけど。最近ちょっとスルーできない状況になってきてね」

「何か危害を加えられたりしたのか」

「危害？」

「ほら、楽屋で髪をハサミで切られたりとか、握手会で硫酸《りゅうさん》をかけられたりとか……」

「あんたもベタねぇ。まあそうなったらそれはそれでコワイけど、相手が目の前にいるんならしめたものよ。3日後に心不全《しんふぜん》を起こす呪《のろ》いをかけて殺すから」

ビビは苦笑いしつつ、さも当然といった顔で異能流の仕返し術を語る。思いっきり過剰《かじよう》防衛の。

「――ストーカーの姿が、見えないのよ」

ストーカー犯は……

透明人間とか、か？

ここは居鳳町《いのうちよう》。居鳳高もあるわけだし、いま目の前にいる魔法少女《マッキーナ》の他《ほか》にも、超能力少女や妖怪《ようかい》女だって実在するんだ。

ストーカーが異能の1人、透明人間という事も考えられる。

あるいはカメレオンみたいに別の方法で姿を消す異能――

「あ。あんたバカだから一応言っとくけど……透明人間とかカメレオン人間じゃないからね」

「……」

「そんなのだったら逆に分かるわ。よっぽどのミソッカスじゃないかぎり、異能は集中すれば他の異能の存在がなんとなく分かるものだし。あんたも分かるでしょ？」

「お……おう」

分かんねえよそんなの。

でも妖刕《ようとう》があれば、確かにエースコンバット風の目標方向指示《ターゲットロケーター》で『あっちに敵がいる』って表示《ガイド》は出る。

異能にとって自分以外の異能の接近や移動は極めて重要な情報なので、それを察知する力は割とみんなにデフォで備わっているのだ。

「つまり……そのストーカーは、ただの人間ってことか」

「そうだと思う。もちろん相手が異能としての存在を隠す式《しき》を使ってるとか、キリコみたいな先端科学兵装《ノイエ・エンジエ》の使い手とか、例外も考えられるけど。まあ、今回は考慮《こうりょ》しなくていいわ」

「じゃあ、どうストーキングされてるんだ？　隠れるのが上手《うま》いヤツなのか？」

「まず、ネット上の情報を監視されてるのよ。あたしの公式ブログとかツイッターとかから、行動を読まれてる」

「……？」

「たとえば、食べたケーキの写真をアップするでしょ？　そしたら犯人はその写真に写ってる僅《わず》かな情報――ケーキやお皿の形とか、お店のテーブルの木目とか――そういうのを元にそのケーキを特定して、『同じの食べました』って、同じケーキの写真を送ってきたりするのよ。ツイッターとかで」

「こ、怖《こえ》ェ……」

ドン引きする俺《おれ》に、ビビは自分のTシャツにプリントされた英文とハートの柄を示して見せた。

むにゅ、と自分で自分の胸を押すようにしたので、俺《おれ》は本能的にビビの87㎝Dカップ（妖刕《ようとう》情報による）に注目してしまう。

「このシャツもね」

「ん？　オッパ、あ……シャツがどうした」

「オッパって何よ」

「そこは拾わんでいい。シャツがどうした」

「……このプラダのシャツも、ブログに写真を載せたら、翌日には『買いました』って写真が来たのよ。女物だからどうせ着れないってのに、ムダ遣《づか》いだわ。これ5万もするのよ？」

「ソイツにとってはムダ遣いじゃないんだろ。好きなアイドルが着てる服を自分も持ってる、それだけで快感な男もいるんだ。きっと」

「キモっ。静刃《せいじ》キモっ」

「なんで俺を気持ち悪がるんだよッ。俺はそのストーカーの気持ちを想像しただけだ」

「分かってるけど。あんた基本ちょっと元からキモいでしょ？」

「俺の悪口への同意を俺に求めるな」

「そのストーカー本人もこんな感じなんだろうなぁ……って思えてきちゃったのよ」

などと、ビビは俺に嫌悪感《けんおかん》の籠《こ》もった視線を飛ばしてくる。失礼きわまりないなコイツ。

ビビみたいなツンツン系の超美少女に気持ち悪がられるのが好きなマゾヒストもいるっちゃ

いるが、俺にそのケは無い。腹が立つだけだ。

「でね、仮想ストーカー君」

「誰《だれ》が仮想ストーカーか」

「本物のストーカーは、あたしがネットに公開してない好物とか、好きなマンガとかアニメも把握《はあく》してるみたいなのよ」

「何……？」

「ほらあたし、マックのクォーター・パウンダー・チーズ好きでしょ？」

「ほらと言われても。知らなかったぞ」

「知っときなさいよ仮想ストーカー。あんた本物のストーカーに負けてるわよ？」

「もうその仮想やめないか……？」

「でもそれって、ネットとかイベントとかでは言ったこと無いのよ。昔モスバーガーのCMに出た事あるから。食べてるのも見られないよう、必ずテイクアウトにしてた。なのに、犯人はマックのクォーター・パウンダー・チーズ――あたしの好きなのと同じハンバーガーの写真を送ってきたのよ。『おいしいです』って」

「ストーカーはどうやって知ったんだ？　それを」

「どうもあたしがゴミ捨て場に出したゴミ袋を盗んで、中身を調べたみたいなのよね」

うわぁ……

「だから最近はヘタな物を捨てられなくてね。学校で捨てたりしてる。困っちゃうわ」

「ゴミ袋を持ち去られた……ってことは、このマンションに住んでることまではストーカーにバレてるってワケか」

「それがね、部屋もバレてるのよ」

ゲッ……

元から怖かった話が、一段と怖くなってきたぞ。

「押し掛けられたのか」

「ううん。このストーカーは姿を見せないんだってば。でも、あれこれとプレゼントを贈ってくるの」

「プレゼント……？」

「捨てたアニメ誌の切り抜き部分から分かったみたいなんだけど……あたしが好きなアニメのBDボックス。あたしがいま使ってるリップ・パヒューム——唇《くちびる》に塗る化粧品よ、その新品セットも来た。ハンバーガーのパテを自作するミートチョッパーも壊れたのを捨てたら、すぐ新品が贈られてきたし。宅急便で」

ビビは1つ1つ言いながら、さっきのオタク部屋、洗面所、キッチンを指してる。

「まさか……使ってんのかお前。それ」

「うん。だって必要だもん」

「こら。送り主はストーカーなんだぞ。そんなもん、開封せずに捨てろよ」

「イヤよ。お金とか入ってたら欲しいし」

ぷいっ、とソッポを向くビビは……

コイツはコイツで、隙《すき》があるなぁ。

「それをすぐ捨てなきゃ、ストーカーも『俺《おれ》のプレゼントを使ってくれた』って喜んで、次々贈ってくるだろ。何やってんだよ。それと……この件、お前の……よく知らんが、アイドルの事務所には相談したのか？」

一応、そこんところを聞くと——

ビビは、『やれやれ』の仕草。

アイドル業界に無知な一般人こと俺を、見下すような目つきをした。

「スキャンダルになるでしょ、事務所の法務に相談なんかしたら。ＡＫＢのトップクラスでもない限り、面倒事を持ち込んだらクビよ。クビ。あたしは稼《かせ》ぎのいい仕事を失うつもりはないし、芸能界にいるのは——絆《きずな》みたいなものなのよ。あたしと、あたしの親友との」

セリフの最後の方でビビは眉《まゆ》をツリ上げ、１歩も退《ひ》かないといった顔をした。

ビビにとって、たとえ二流であったとしてもアイドルでいるという事は……

俺が思ってる以上に、大切な事なのだろう。

「——じゃあ警察には。被害届、出したか」

「バカねぇ。警察はストーカーに弱いの。逮捕するには人手がいるし、被害を立証しにくいし。プレゼントを贈られて困ってるんです、なんて言ったって安定のスルーよ。刺されでもしない限り、捜査なんかしてくれないわ」

「刺されてからじゃ遅いだろ」

「そうよ。だから日本中でしょっちゅうストーカーに女の子が殺されてるでしょ。泣いて訴えたって、ストーカー被害ってのは取り合ってもらえないものなの。こっちが殺されるまでね」

法律の不備、警察の怠慢《たいまん》を逆手に、やりたい放題か。

ある意味、異能より厄介《やっかい》な相手と言えなくもないな。ストーカーってのは。

「で、なんで俺《おれ》なんかを呼びつけたんだ。敵が異能じゃないなら、探偵か武偵《ぶてい》でも雇った方が適切だと思うぞ」

「それがね……」

ビビはここで、今まで以上に——

本格的に困った顔をして、ソファの横のカゴからヌイグルミを出してきた。

クレーンゲームの景品のような、3頭身程《ほど》の女の子の人形だ。

金髪で、赤リボンでまとめたツインテールで、青い瞳《ひとみ》の……

「これ……お前の人形、か」

「そう。そのストーカーがしょっちゅう作って送ってきてるんだけどね」

次々にカゴから取り出される、ビビ人形——

その衣装は、一つ一つ違う。

アイドルの衣装や水着を着たものもあれば、今ビビが着ているTシャツとフレアースカートといった私服のものもある。

人形は可愛《かわ》いいデザインで、デキもいい。

だが既製品《きせいひん》ではなく、全《すべ》て手作りのようだ。

縫《ぬ》い目が全て、手縫いなのだ。

「……実際お前が着たものと同じ衣装を着せた、お人形……ってワケか」

「見られてるのよね。ありとあらゆるあたしの服装が。撮影されたのだけじゃなくて、普段着まで」

「まあ、相手はストーカーだからな」

「問題は——今日送られてきた、これ《ヽ》なのよ」

そう言ってビビが出してきた人形は——

「……！」

ピンクを基調にし、フチをフリルで飾った、白いセーラーカラーのブラウス。

パニエで盛大に膨《ふく》らませた、限りなく白色に近いピンクのミニスカート。

それらのあちこちで、ほどよいアクセントとなっている赤リボン。

……魔法少女姿の、ビ、ビ……！

そのヌイグルミだったのだ。

「——見られたのか。魔法少女として、俺《おれ》とかキリコと戦ってるところを」

「そこまでは分からないわ。戦闘時以外でも、あたしはたまに魔法少女の姿をするから」

「どこでなったか、覚えてるか」

「……ただの自主レッスンっぽく見えるように偽装《ぎそう》はしてたけど、横須賀《よこすか》でスタジオを借りて歌唱式《セージング》とか舞踏式《ダンツァ》の練習を何度かしたの。この姿になった上でね。そこを覗《のぞ》かれてただけなら、まだごまかしようもあるけど——」

「戦ってるのを撮影されてて、ネットにアップでもされたら、面倒な事になるかもな。公安の異能が火消しに来たりとか」

「そっちも面倒そうだけどね。内輪《うちわ》の方が怖いわ」

「内輪？」

「魔法少女には暗黙のルールがあるのよ。例外規定もあるけど、異能以外の人間に『変身前の姿』と『変身後の姿』が同一人物と知られてはダメなの。この魔法少女の姿が、黛《まゆずみ》美々《ビビ》の名前つきでストーカーに公開されたら……魔法少女たちがよってたかってあたしを殺しにくるわ。そしたら、遣《つか》い魔《ま》のアンタもついでに殺されるのよ」

って……！

「いつの間に俺が遣い魔にされてんだよッ」

「だって登録したもん」

「登録って、どこにだよ」

「日本魔法少女協同組合《ジャパン・マッキーナ・ユニオン》のSNSよ。名のある魔法少女はみんな登録してるわ」

「SNSって……」

そこだけ妙にIT入ってるな。

オカルトの象徴みたいな存在のくせに。

「大丈夫《だいじょうぶ》。そこはストーキングできないから。ていうか、もし魔法少女じゃないのがアクセスしたら呪《のろ》われて心不全《しんふぜん》で死ぬ」

俺のリアクションを別の意味に取ったのか、ビビはその呪いのサイト的なSNSについての説明をしてくる。ていうか心不全好きだな。

「まとめるとね」

ビビは、魔法少女姿のビビ人形に手を置く。

「この贈り主――ストーカーの口を塞《ふさ》ぐ必要がある、って話なのよ」

その目は、無法者――。

『魔法少女』から『法』を抜いた、少し危険なビビの目になっている。

「口を塞ぐってのはどういう意味だ。翻訳《ほんやく》しろ」

俺《おれ》は一応、そこを確認しておく。

するとⅰ

「消すのよ。これ以上は翻訳《ほんやく》しないわ」

やっぱりそうきたか。

「黙らすのには賛成だがな。殺し以外の方法にしろ。俺は……ちょっと昔いろいろあってな。殺人はお断りなんだ。それこそ捕まえて警察に渡すか、お前のすっぴんでも見せて怖がらせて、二度とストーキングしないようにさせればいいだろ」

「うん分かった。そのストーカーを捕まえても、殺さない。代わりに静刃《せいじ》を殺すことにしたわ。ちなみにあたしは今すっぴんよ」

へぇー。

美人はすっぴんでも美人なんだな。

「……それはそうとだ。この件、もう俺も巻き込まれてるから……現状に至った経緯《けいい》について、一言文句を言わせてもらうぞ」

「何よ」

「――魔法少女の暗黙のルールとやらの件だ。『変身前の姿』と『変身した姿』が同一人物と知られちゃダメなんてルールがあるんなら――お前、変身するときに見た目からして全然違う姿に化けりゃいいだろ。ＯＬとか看護婦とか女教師とか。もっと大人《おとな》になったビビになるとか。

お前は変身前と変身後とで見た目がカブりすぎなんだよ」

「別人になるのは昭和の魔法少女よ。今日日《きょうび》の魔法少女は、ほぼ同じ姿に変身するものなの」

「なんでだよ」

「分かりやすくするためよ。配慮《はいりょ》よ」

「誰《だれ》に何の配慮をしてんだよ……まあ、じゃあそれはお前たちの文化ということで百歩譲《ゆず》って容認するけどな」

「別に遣《つか》い魔《ま》の容認なんていらないわよ」

「……ちょっと、補足説明がほしい点がある。例外規定ってのなんだ。バレてもOKな条件もあるのか」

「ああ、それ。あるわ。一般人に身《み》バレしても——その姿が魔法少女だって認識じゃなくて、ただのコスプレだと思われてればOKなのよ。だからまずそのストーカーを捕まえて、認識を問う必要があるわね。それ次第では殺さなくて済むわ」

こうして、あくまでストーカーを殺す選択肢《せんたくし》を残すビビに多少の不安を覚えつつも……俺はビビの遣い魔として、ご主人様についた悪い虫を追い払う作戦立案係にされてしまったのだった。

夕食のサンドイッチをビビが作ってくれてる間……俺はまずは、ちょっとしたチートとなる救援要請《ようせい》をある人物にしつつ……

ビビのパソコンを借りて、ストーカーというものの性質を調べさせてもらった。

——敵を知り己《おのれ》を知らば百戦危うからず、と言うからな。

そこで初めて知ったのだが、ストーカーには恋愛ストーカー、復讐《ふくしゅう》ストーカー、妄想《もうそう》ストーカーなど、いくつかのパターンがあるらしい。

ビビをつけ回すストーカーは、有名人をつけ回す『スター・ストーカー』というパターンにあてはまる。

これはパパラッチのような職業的ストーカーとは明確に異なる。自分が片思いしたアイドル、女優、タレントなどの有名人を追い回すものだ。いわゆる『追っかけ』の行き過ぎたパターンである。

このスター・ストーカーは、一方的で猛烈《もうれつ》な恋愛感情を動機としているため……自分の事を相手にアピールしようと、姿を見せる事が多いらしい。

そうでない場合は、自分を見せるという事が『かえって彼女に嫌われてしまう原因になるのではないか』という恐怖心がストーカーの心にある場合が多い——とのこと。

「……で、だ。一応、犯人がどんなヤツなのか……俺《おれ》なりに想定してみたんだが」

「プロファイリングってやつ？　なにちょっとあんたカッコいい事やるわね」

「遊びでやってるんじゃないぞ。そんなに目を輝かすな」

ビビお手製のBLTサンドをつまみながら、俺はチラシの裏にメモ書きした『犯人はこんなヤツだと思う』という想像上のプロフィールをビビに見せる。

その紙に書いた内容を指さしつつ、

「まず、そもそも——お前のようなマイナーなアイドルのストーカーということで、かなりのコアなアイドルマニアの男だろう」

「一部気になる表現があるけど、まああんたをシメるのは後にしとくわ」

もぐもぐ、と自分もサンドイッチを食べつつビビが俺を睨《にら》んでくる。

「……お前のブログやツイッターといったネット上の情報を網羅《もうら》的にチェックしてるらしいが、それには何らかの巡回ソフトや解析ソフトを使ってると思われる。つまり、それなりに高度なITの技術を持ったヤツだ」

「うん、そうかもね」

「ブランド物のシャツやBDボックスをポンと買うあたり、無収入の人間じゃない。社会人で、働いてる。だが昼夜を問わずビビの動向を調査できたり、ケーキの写真を添付したツイートが真っ昼間にされてるという点から見て、会社員じゃない。フリーランスのSEとかだろう」

「へえ。静刃《せいじ》にしては理にかなってるわね」

にしては、って何だよ。

「切り抜きされたアニメ雑誌というヒントからビビが好きなアニメを当ててきてる辺り、若い。

オッサンになると、こういうのはみんな同じに見えてくるものらしいからな」

「ふーん」

「他《ほか》の情報も合わせて、想定されうる犯人像は――フリーでIT系の仕事をしている、20代の男性。仕事は有能で、かなりの高給取り。手先が器用で、行動力があるヤツだ」

「ちょっと静刃《せいじ》、あんた名探偵！　見直したわ。あたし全然そんなこと分からなかったもん。でも納得《なっとく》よ。っぽいわね」

ビビはこういう推理が好きなのか、自分が被害者だってのに楽しげだ。

「……それっぽいのを見かけたら、とりあえず気をつけるんだぞ。あと――こういうスター・ストーカーは通常、スターに自分の姿を見せて存在をアピールしたがるものなんだ」

「スターってあたしのこと？」

にかぁ。嬉《うれ》しそうに笑ったビビが――やけに可愛《かわい》かったので、俺《おれ》はちょっとたじろぐ。

俺、普段は厳しい女の子が笑顔になるのに弱いんだよな。

アリスベルにもよくやられてテンパるし。

「そうだよッ。だから話の腰を折るなスター。でだな、お前のストーカーはその点においては普通のスター・ストーカーとは異なってるんだ。つまりお前に片思いしてはいるんだが、自分の姿を見せてもお前に好かれるハズがない……と思い込んでる。だから姿を見せないんだ」

「ブサイクってこと？」

「ハッキリ言うなぁ……俺は、言わないようにしてたのに」

「あたし、男の外見なんか気にしないわよ？　大切なのはハートでしょ」

「それには大いに賛同するけどな」

「でも聞いてると、いいお客さんっぽいんだけど。その人」

「でもそれにストーカーされて困ってんだろッ。だから次はこっちも手を打つぞ。いいな？」

危機感のないビビに苛《いら》つきつつ、俺はＢＬＴサンドをがっつくのだった。


「――はい出来たわよ。ゴミ袋。中身はこんなもんでいい？」

俺が立てた作戦の、次なる一手――

それは、モンハンでキリコがやってた作戦のパクリ。

エサを置いて、敵がそれに食いつくのを待つというものだ。

俺はエサの栄養価を確認するべく、ゴミ袋の中をチェックするが……

さっきのサンドイッチに使ったパンの空《あ》き袋。いらないダイレクトメール。カビたミカン。

いまいち、パンチのないメニューだな。

「分かってないな、ビビ。これはストーカーをおびき寄せるエサなんだぞ。お前、もっと何かストーカーが喜びそうなお宝を捨てろよ」

「そんなの分かんないわよ。何を捨てればいいの」

「えーっと、このサイトによるとだな……」

俺《おれ》はPCのディスプレーを見て、ストーカーが欲しがるアイテムを調べる。

「『スター・ストーカーは、スターの体に接触したものを欲しがる。衣服、タオル、歯ブラシ、化粧コットン』……それと、えーっと……」

「——キモっ！　静刃《せいじ》キモっ！」

「俺が欲しがってるわけじゃねーって！　このサイトに書いてあるんだってばよ！　ていうか今は敢《あ》えて読まなかったけど、もっとドギツイものも書いてあるんだぞここには」

「何よ」

「読まない方がいいっ」

と言うが、ビビは俺の頭を金髪ツインテ頭で押しのけて勝手にサイトを見てしまった。

そしてそこに書いてあった超ハイカロリーなメニューを見て……ぞぞぞぞーっ。

身の毛をよだたせてる。

「ま、まあここまで提供しろとは言わんが……はき古した靴下《くつした》の1足でも入れといてやらんと、向こうも盗みを働くリスクを冒さないかもだ」

「んもう……このド変態！」

がっし！　ぼかっ！

「痛《いて》ッ！」

なんで俺が殴《なぐ》られてんの。
しかもビビの得意なパンチは軌道の見えないロシアンフック。身構える事もできないから、
モロにもらっちまったよ。チクショウ。

その後、ビビは齧《かじ》りかけのオレオと鼻をかんだティッシュをゴミ袋に追加提供してくれた。

そして、

『ちょっとゴミ捨てに行ってくる』

などとビビにツイートさせてから——

ゴミ袋は、マンション下のゴミ捨て場にビビ本人が設置。

俺は、隣《となり》の雑居ビルにあるマンガ喫茶に入った。

来るときに見たので分かっていたが、ここは窓からゴミ捨て場が監視できるからな。

犯人らしき男がゴミを漁《あさ》っていたら、それを撮影できるように——俺は携帯を窓際《まどぎわ》に置いて、
ゴミ捨て場への定点カメラとした。

そしてそれをテレビ電話モードで通話状態にし、ビビの携帯と繋《つな》いでおく。

ビビ側では俺との通話を録画しつつ、まずはストーカーの姿を捉《とら》える構えだ。

（このマンガ喫茶からは……）

入ってから気づいたが——角度はイマイチなものの、ビビの部屋のベランダもちょっとだけ

見えるな。

部屋に電気がついているかどうか（ビビが在宅かどうか）も分かるし、ビビが洗濯物を干したりすれば手ぐらいは見えるかもしれない。

（ひょっとすると、ストーカーはここを根城《ねじろ》にしてるのかもしれないな）

ＰＣもあるここでなら、ビビのネット上での動きも監視しやすいだろうし。

そう思って、店内ですれ違う客をさりげなく注視してみるが……

見た目からだけじゃ、分からないよな。

20代の男は何人もいるし。

ストーカーっぽいと思えば、全員それっぽく思えちまうし。

……あと、ここはナイトパックが安いのか、簡易宿泊所として使われてる様子も目立った。

出張中らしいサラリーマンとか、横須賀《よこすか》の基地から来て酔《よ》い潰《つぶ》れたらしい米兵とか、家出少女っぽい幼い少女もいる。

ビビがゴミ捨て場にゴミ袋を置いてからは出ていく客も見張ってみたが、出ていったのはシフトの終わった店員さん、さっきの家出少女っぽい子、あとホストっぽいイケメンぐらいだな。

失礼ながら『それらしい』男たちには動きはない。

「……」

というわけで俺《おれ》は3時間、マンガを読んだりスカイプでビビと『動きは』『ないわ』などとやりとりしたりして……

結局なんの成果も得られないまま、退出することになった。

ゴミ捨て場でビビと落ち合うと——

「何よ。あんたが言った通りにしたのに。このグズ」

さっきは名探偵とか持ち上げてくれたのに、ビビは俺をグズ扱い。

「まあ、お前の鼻水にそれほどの価値は無かったって事だな」

「キモっ。変態っ」

「だからなんで俺を変態呼ばわりするんだよ。変態はストーカーの方だろ。でも……たまたま今日は、ヤツの監視が緩《ゆる》かったのかもな」

「で、どうすんの」

「明日も同じ作戦でいこう。ゴミ袋は再利用だ。今はエコの時代だからな」

と……俺が、他《ほか》の住人が捨てたゴミ袋の下敷きになって見えなくなっていたビビのゴミ袋を取り出そうとすると——

——無い。

「……！　無くなってるわ、あたしのゴミ袋」

「盗《と》られたんだ」

「どこから持ってったのよ。ゴミを捨てにくる人は見てたけど、持ってく人なんて……いなかったわ」

「きっとここだ。下から抜いてったんだ」

俺《おれ》はゴミ袋の下にあったマンホールのフタを示す。

フタには、別の住人が捨てたゴミ袋の一部がちょっとだけ挟《はさ》まっている。

いま一度開けて、また閉じたという痕跡《こんせき》だ。犯人はバールのような金具で地下側からフタを開けたらしく、その小さなキズもマンホールの縁に付いていた。

「……よっぽど姿を見せたくないんだな」

「何よ何よっ。逃げられたじゃない」

「心配するな。あれはただの証拠品だから」

「え……どういう事？」

「もう犯人の家は割れてる」

俺がそう言うと、

「……へっ？」

大きなふたえの目をキョトーンと見開いて、ビビはマヌケな声を出した。

「行くぞ。タクシー乗るけど、乗車賃は必要経費としてお前に請求《せいきゅう》するからな」

そう言いつつ——俺は携帯を見て、今メールで来た容疑者の住所情報を確認する。

——安い推理小説なんかだと、あのゴミ袋に発信器を入れておくものだけどな。

いかがなものかと思うぜ？　そういう便利なアイテムを都合よく出して解決するってのは。

だが、現実では……

もっといかがなものかなチートがまかり通る。

それが『異能』だ。

この作戦を始める前に俺が救援要請をした、その異能のひとり——人間コンピューターこと京菱《きょうびし》キリコは、ストーカーが送付した宅急便のお問い合わせ伝票番号から、発送場所を3秒で割り出している。

そしてその発送場所——居鳳町東《いのうちょうひがし》のデイリーヤマザキに先回りし、オートキリコという人型ロボットを使い、その周辺の幾つかのゴミ捨て場を探っている。

で、その1か所で……

開封だけされた『AKBカードチップス』なるポテチの袋が大量に詰められていたゴミ袋を発見しているのだ。

そのお菓子についているオマケ、アイドルの写真が印刷されたカードは——AKBだけじゃなく、その姉妹グループに所属するアイドルのものもある。つまり、ビビのもある。

オートキリコがゴミ袋を開封して調べたら、他《ほか》のアイドルのカードは全部捨てられてるのに『黛《まゆずみ》美々《ビビ》』のものだけが無かった。

つまり、ビビのカードだけが欲しくてポテトチップスを箱買いした残骸《ざんがい》……という事になる。

それを捨てたのは、ビビマニアに違いない。

容疑者発見だ。

そのゴミ袋の中に一緒に捨てられていたPCパーツショップからの封筒で、そいつの住所も
まるっとお見通し――

――というわけだ。

俺《おれ》が立てた作戦は……

名付けて、スター・ストーカー・ストーカー。

要するに、逆ストーキングだ。

相手と同じ方法で相手を追い詰めるという、単純で、原始的な方法だったってワケさ。

タクシーでワンメーターの距離だった、その容疑者の住むマンションは……

予想より少し、いや遥《はる》かに高級な感じだな。

金持ちっぽいぞ。ストーカー氏。

「えっ、キリコが2人いる」

キリコ&オートキリコと落ち合ったビビは、まずそこにドン引きしてるが……

その説明はすっ飛ばし、俺はキリコと、

「どっちがキリコだ」

「こっち」

「ありがとうな。恩に着る」

「先日キリコは静刃《せいじ》に逆上がりの練習を協力してもらっている。従って、静刃が恩に着る事はないものと想定する」

などと会話する。

その横で、オートキリコの方は……もぐもぐ。

何やらガムを噛《か》むような仕草をした。

そして、ぺろ。

ベロを出した。

その上には、鍵《かぎ》が載っかっている。

その鍵を俺がつまんで取ると……

「――京菱《きょうびし》キリコ。キリコはいま804号室の合い鍵を作った」

オートキリコは俺ではない虚空《こくう》を見ながら、そんな説明をしてくれる。

「こ、これ……ロボット？」

今それが分かったらしいビビに、ロボと本人、そっくりの両キリコは両方とも頷《うなず》いてる。

そして、

「容疑者の部屋の借り主の名義は、真田泰蔵《さなだたいぞう》。会社経営者。45歳」

人間の方のキリコが、調査してくれたらしい情報を提供してくれる。

「おっと……俺《おれ》の読みはハズレたか。20代じゃなかったんだな」

俺がそう言うと、キリコは、ふるふる。

首を横に振った。

「真田泰蔵は現在、大阪《おおさか》府在住。名義は彼でも、ここに住んでいるのは彼の子供」

ああ、なるほど。

「ビビマニアは、社長のドラ息子《むすこ》……ってことだったのか」

「なんか静刃《せいじ》とキリコの方がストーカーとして堂に入ってる感じがしてきたわ……でも、静刃。あんた、全国のSEの皆さんに謝りなさいよ。このストーカー、親の金で暮らしてるって事は、SEなんかじゃなくて無職よ。きっと」

全国のフリーのSEの皆さん、あとさっきのマン喫にいたそれっぽい皆さん、本当に本当にゴメンナサイ。

「——就寝時刻1時間前。キリコは帰る」

と、オートキリコを引き連れて夜道を去っていくキリコを見送り……

俺とビビは改めてマンションを見上げてから、顔を見合わせる。

「で、あたしのゴミ袋は何に使うのよ。あんた、ただの証拠品とか言ってたけど」

「真田泰蔵の息子は疑わしい。でも、確定じゃないだろ。ビビに送られた宅配便の発送場所、その近所に住んでるビビの熱狂的なマニアってだけだ」

「うーん。まあ、そうっちゃそうだけど……」

「だから証拠品が必要なんだよ。ヤツがビビのゴミ袋を持って帰ってきたら、さすがに確定。ストーキングの動かぬ証拠だろ。現行犯だ」

「なるほどね。じゃ、この鍵《かぎ》で犯罪者の部屋に先回りよ」

ぱし、と俺の手から合い鍵を奪《うば》い取りつつ、ビビはマンションに踏み込んでいく。

まあこれも犯罪——不法侵入なんだけどな。

だがまあ、ビビがストーカーを殺さないよう見張る必要もあるからな。一応ついていこう。

それに……ビビは魔少女。無法者を自称してるし、俺もあまり遵法《じゅんぽう》精神のある方じゃない。

今も包帯で巻いて隠してるとはいえ、銃刀法違反の妖刕《ようとう》を持っちゃってるんだからな。


ストーカーらしき人物の部屋、804号室のドアを開け……

意外と甘い香りのする室内に一歩踏み込むと、

（何だ……？）

壁《かべ》に、青い目がいっぱいあるぞ。気持ちワル。絶界《ぜっかい》みたいだな。そうじゃないっぽいけど。

などと思いつつ電気を点《つ》けたら、

「ゲッ」

ビビが声を上げたのもムリはない。

もう玄関からいきなり、壁《かべ》という壁、天井にまで……

ビビのポスターや引き延ばした写真が、余すところなく貼《は》られていたのだ。

青い目は全部、写真のビビの目。

「……」

「……」

言葉も無く、俺《おれ》たちはリビングへ進む。

「すげぇな……」

「なに、これ……」

こっちも上下左右にビビの写真がビッシリと貼られていたが、中でも目を引くのは天井まで届く水着姿のビビの巨大ポスターだ。

その周囲には例のブランド物のシャツを始め、宝石やアクセサリーが大量に吊《つる》されてあった。

犯人がビビ（の写真）に貢《みつ》いだものと思われる。

「あのポスター、お前本人より金持ちなんじゃないか？」

「……かもね……」

別の部屋を覗《のぞ》いてみると……

ちょっとでもビビが写っている写真集やＢＤ、雑誌、チラシが全《すべ》て徹底的に蒐集《しゅうしゅう》されている。市販されていないデビュー当時のライブ映像や、どう流出したのかすら分からないオーディション映像のＤＶＤもあるぞ。まるでビビ博物館だな。

また……

奥の部屋にあったショーケースには、ビビが捨てたと思われる空《あ》き缶、使用済みホッカイロ、ストロー、折れたヘアーブラシ……

盗んで集めたと思われる私物がズラリ。

これにはビビも開いた口がふさがらない。

今日ヤツが持って帰ってくるオレオも、ここに陳列されるのかな。

（ん……？）

アクリルケースに入っている、金糸みたいなこれは何だろう……？　と思って見たら……

（か、髪の毛……ッ……！）

ヘアーブラシがあったからあるかもねと思ったけど、やっぱりあったよ！

さすがに怖《こえ》。体組織の一部を集められると。

『ビビ様　御髪《おぐし》　２０１３年4月6日』

とか、日付まで書いてある。もうやめて！

さらに、壁ぎわのホワイトボードにはビビの曜日・時間帯ごとの行動パターンがビッシリと書かれていた。その緻密《ちみつ》さたるや、政治家秘書も裸足《はだし》で逃げ出すレベルだ。

で、トドメに――

見なきゃよかったベッドルームでは、ビビの写真をプリントした抱《だ》き枕《まくら》がダブルのベッドにどーんと鎮座《ちんざ》ましましていた。

「……っ……」

その辺で限界が来たのか、ビビは、ヨロリ。

よろめいて、俺《おれ》に肩を借りる。

「……ま……参ったわねこれは。こんな部屋に住んでて、頭おかしくならないのかしら」

「頭おかしいからこの部屋なんだろ。だけど、この部屋は――ここに住んでるというよりも、ビビのために借りてる感じだな」

「っぽいわね……」

となると今夜、ここにストーカー氏が帰ってくるかどうか一抹《いちまつ》の不安がよぎったが――

その不安は、すぐ払拭《ふっしょく》された。

たったたん♪　たったたん♪

何者かがゴキゲンなスキップでマンションの共用廊下を渡ってくる足音が、聞こえてきたのである。

——すぐさま、電気を消して——

俺は奥の部屋、ビビはベランダに潜《ひそ》む。

ストーカーがゴミ袋を持って帰ってきたら、潜んだ所からしばらく証拠映像を撮り——その後、取り押さえる手筈《てはず》だ。

ドアのスキ間から、携帯を構えてストーカーを待ちかまえていると……

ガチャン。ドアが開き、室内の電気がつく。

ゴミ袋をポンポンと1人でトスし、

「大漁大漁！　わーいわーい！」

盛大に独り言しつつ、スキップで入ってきたのは……

あ、あれ……？

「ビビ様の生《なま》ティッシュ！　ビビ様の齧《かじ》りかけクッキー！　うっほほーいですわー！」

小5ぐらいの女の子だぞ。

それもさっき俺がマンガ喫茶で見かけた、家出少女っぽい、チビっ娘《こ》だ。

あ……あの子が……犯人だったのか。

少女はよく見るとけっこう、というかかなり可愛《かわい》い。

ツインテールでツリ目で、元々なのかマネしてるのか、ビビにもチョイ似の顔である。

ていうか生ティッシュって何だ。

などと、その子はリビングの巨大ポスターにロリヰタの入ったスカートを広げて挨拶《あいさつ》してる。

「お隣《となり》のマン喫でツイッターを拝読してたら、こんなステキなものを下賜《かし》なさるとのツイート。コビビは天にも昇る気持ちでしたわ！」

「――ビビ様、ただいま！」

コビビ……

と自称したその美少女は、スリスリ。

幸せいっぱいといった笑顔で、さっきビビが捨てた半透明ゴミ袋に頬《ほお》ずりしてる。

(……コビビ、ねえ……)

ていうか今この部屋でカメラ屋からのDMを見つけて分かったが、この子……本名は、真田《さなだ》小百合《さゆり》だな。確かに真田泰蔵《たいぞう》の子供のようだ。ただし、女の子だが。

(俺《おれ》のプロファイリングはハズレもハズレ、大ハズレだった……ってワケか)

想像と現実は、違うもんだな。

ただまあ、ひとつ当たっていたのは――

コビビがスター・ストーカーでありながら、ビビの前に姿を現さなかった理由。

自分がビビの眼前に出ていっても、好かれるハズがないと思っているという点だ。性別からして、恋愛対象にはなりえないんだからな。

――で。

ゴミ袋を机に置いたコビビは、いそいそ。

ウォークイン・クローゼットに潜《もぐ》り込んで、ぽい、ぽいぽい。

今着てた服を、脱ぎ散らかした。

そして、じゃーん。

自作らしき、ビビの魔ヽ法ヽ少ヽ女ヽコヽスヽチヽュヽーヽムヽに着替えて再登場してる。

（……っ……）

魔法少女《マツキーナ》の暗黙ルール——異能以外の人間に『変身前の姿』と『変身した姿』が同一人物と知られてはならない。

この掟《おきて》を破れば、その魔法少女は粛清《しゆくせい》される。遣《つか》い魔《ま》ごと。

というわけで地味にビビと俺の命が懸かっている、そのコビビの様子を窺《うかが》っていると……

コビビはビビのポスターにへばりつき、またスリスリ。

「ああ、ビビ様っ。とってもとってもステキ。ガチオタ入ってるところも超ステキ。ていうかこのコスは何のアニメの物ですか？　ＣＣさくら？　まどマギ？　ていうかビビ様のアニメ化マダー？」

俺には半分ぐらいしか意味の分からん妄言《もうげん》を垂れながら、ポスターに全身をスリつけてるぞ。幸せそうに。

「このコスほんとにほんとにほんとにステキ。またこれ着てスタジオ・レッスンするところを

「コビビに見せてくださいまし。ハァ、ハァハァ」

……あの、様子を見るに……

コビビには、ビビが本物の魔法少女だって事まではバレてないみたいだな。

ビビが俺《おれ》やキリコと殺し合う姿を見てたら、ああいう（ある意味）平和的な憧《あこが》れ方はしないだろうし。

発言から考えて、ビビがスタジオで歌唱式《セージング》の練習をしてるのは見られたようだが——あれは、一般人にはただ歌ってるように見えるものだ。特にビビは現役のアイドル。舞台衣装のようなコスプレをして歌を歌ってたとしても、不自然ではない。

となるとこれは、例外規定——

『一般人にバレても、ただのコスプレだと思われている分にはOK』に当てはまるな。

つまり、コビビの口を、塞ぐ必要はない。

と、俺は判断するが……

ビビがそう判断するかどうかは分からないぞ。

そこが食い違って、ビビがコビビを殺しにかかっても面倒だ。

となると、俺が出るなら——今だな。

「おい」

女子に対するデリカシーを持ち合わせていない事で有名な俺は、唐突《とうとつ》に奥の部屋からヌッと

リビングに姿を現す。すると、

「……——ぎゃあ！」

ツインテールを跳《は》ね上げてビックリしたコビビは、

「あっあっあなたは最近ビビ様のおそばによく出るストーカーさん！　これはあげませんよ！　グッズは何一つあげませんよ！」

などとゴミ袋を抱《だ》っこして、我が身を犠牲《ぎせい》にしてもオレオとティッシュは死守するぞの構え。

ていうか……

なんか俺、ストーカーにストーカー呼ばわりされてるんだけど。

まあ、確かに……学校とかビビの部屋とかで一緒にいたけどよ。

「——ストーカーはお前だろ。俺はストーカーじゃなくてビビの友人だ。ストーカーのお前に警告しに……」

「ひどいです！　私の部屋に忍び込むなんて！　同じ女性を愛したストーカー同士といえども、プライバシーの侵害ですよこれは！」

盗《ぬす》っ人《と》猛々《たけだけ》しいとは、まさにこれだな。

コビビは俺にガミガミ怒りつつ、ぱしぱしとつっぱりで玄関方向へ押し出す構えだ。

ていうか自分で自分をストーカーって言ってるし。コビビ。

「あ、いや、だから俺は……お前のストーカー行為を、ビビに相談されて……」

「ビビ様に相談された？　そんな妄想《もうそう》を他人に語るなんて、あなたストーカー初心者ですね！　ベテランの私と語る資格はありません！」

あるんだ。ストーカーにも初心者とかベテランとか。

ぱしぱしし！　と、ビビコスプレのコビビは俺《おれ》に張り手を連射してくる。それで俺が廊下へ押し出されかけたところで——

俺の視線の先、コビビの背後——

ベランダのサッシが、音もなく開いた。

そこにはコビビを殺すためか、魔法少女姿《マッキーナ》に変身したビビが立っており……

ソーッ……と、同じ魔法少女コスチュームのコビビの背後から迫っている。

ものまね番組の、ご本人登場シーンみたいだ。

「——ビビ、よせ。殺すなッ」

俺はコビビの肩越しに、ビビを威嚇《いかく》するため妖刕《ようとう》を——上げて見せるまでもなかった。

ビビが……

怒っていない。

フリントロック・グレイブも出してない。

というか、プルプルと感動に打ち震《ふる》えてる。魔法少女姿のままで。

「カッ」

ビビの声。

「はいっ⁉ ビビ様のお声っ⁉」

声を聞いたコビビが振り返り、

「——はいいいーッ⁉」

ご本人の登場に、ものまね芸人よろしく特大リアクションでおったまげてる。

「何だ、『カッ』て」

という俺の質問はスルーされ、コビビとご対面したビビは——

「カッ、ワ、イイーっ！」

——はしいっっっ！

自分と同じ姿をした、自分より二回りぐらい小さい少女を抱《だ》きしめてるぞ。

そして突如《とつじょ》テンションをMAXまで上げ、

「カワイイカワイイカワイイ！ なにこの子！ ジュニアアイドル入ってるレイヤーちゃん！マジでヤバい超カワイイ！ 神！」

すりすりすりすりすりすりすりーッ！

頬《ほお》が摩擦《まさつ》で赤くなるぐらい、頬ずりしてるぞ。ビビ。

さっきゴミ袋に頬ずりしてたコビビの頬に。

「……えー……っと……」

予想外のビビの動きに、俺《おれ》は二の句が継げずにいる。

……あー……そういえば……

ビビはビビで、美少女オタク。なんだよな。

それも2次元も3次元も、その中間と思《おぼ》しき2・5次元＝コスプレ少女もいけるクチだ。

で、コビビはストーカーである事はともかく、美少女。

それがビビのオタ部屋にあった少女コスプレ写真集にあるみたいなコスプレ姿でいたから、
ビビはマタタビを前にしたネコみたいになった……ってワケか。

「静刃《せいじ》はもう帰っていいわ。むしろ帰って！　この子、あたしのマネージャーにする！」

……マネージャー……

ストーカーを、マネージャーに……

ま、まあ既《すで》に、あれだけ行動パターンを把握《はあく》されてるんだし。うん。いいんじゃないかな。

どうでも。

「ビ、ビ、ビビ様の目がコワイですぅー！」

コビビは――

俺も見たことのないオタク回路全開モードのビビを前に、ドン引きしまくり。

一方のビビはコビビを離さない。

生きてるお人形さんを手に入れたよ！

的な、ヤバいマニアっぽい顔をしてる。

……ここは……俺《おれ》……

帰った方がいいかな。帰ってって言われたし。

なんか怖いし。今のビビ。

「えーっと……じゃあ、そいつはお前に任せる。少しオシオキしてやれ。ただ、殺すなよ？」

少女を捕らえて、このセリフ。

なんだかこっちの方がストーカーより犯罪者レベルが高いような気がしてきたが……

俺にはビビを止め、コビビを守る義理もない。

踵《きびす》を返した俺の背に届くのは、

「あひい！　ビビ様、ビビ様！　お許しを！」

などというコビビの、悲鳴だか嬌声《きょうせい》だか分からない声。

――コビビ。覚悟しとけよ？

ビビはお前と同じ、マニアックな女。

自分の好きな『カワイイ物』は、偏執《へんしつ》的に入手しようとするんだ。

それこそストーカーばりに、な。

今後お前がどう『入手』されるかは知らんが、因果応報ってやつだ。甘んじて受けろ。

お前も、案外それはそれで本望《ほんもう》かもしれんしな。

（ていうか今回、俺……）

誰《だれ》の、何のために協力してたんだっけ？

ビビの依頼でストーカーを探し出したのに、そのストーカーとビビは今やベッタリだし。

女のアイドルをストーキングする少女。

そのストーカー少女を入手してご満悦《まんえつ》のアイドル女。

ほんと、女心ってもんは分からないぜ。俺には多分、一生な。

――The Daily Life Continues――

【 Episode X-04　妹は兄のために、姉は弟のために 】

(鬼の居《い》ぬ間に洗濯、ってやつだな)

俺《おれ》の家には現在、俺、アリスベル、祈《いのり》、矢子《やこ》さん、アルパカ貘《ばく》——

4人と1匹が住んでいる。

その中で最も規律に厳しいのはアリスベルで、俺はよく生活態度がだらしないと叱《しか》られてる。

この間なんか、祈・矢子さんと3人で夜中トランプしてたら「夜更《よふ》かしはいけません!」と
俺だけ廊下に正座させられた。

それから、ガミガミとお説教もされている。

「祈と矢子は静刃《せいじ》君の妹と姉なのですから、夜遅くまで寝室で遊んだりしないこと!」

との事だったが、いまいち何に対して怒っているのかよく分からなかったな。

他《ほか》にも……アリスベルは俺が祈や矢子さんと遊んでるのを見つけると、イチャモンをつけて
引き離そうとしてくる。

だが、そんな我が家の風紀委員、アリスベルが——休日の今日、朝から夕方まで不在。

なんでも居鳳高《いのう》Ｉ組《ヤバンセ》の生徒・星伽華雪《ほとぎはなゆき》という巫女《みこ》さんが刀研《かたなと》ぎをできるとのことで、環剱《かんけん》を
研いでもらいに行ってるそうだ。

これは俺にとって、生来のだらしない生活を堪能《たんのう》する大チャンス。

朝寝坊を満喫し、朝メシには堂々とカップラーメン（食べてるのを見つかるとアリスベルに怒られる食品の1つ）を食ってやった。

これぞ鬼の居ぬ間に洗濯。

自由って素晴らしい！

一方……普段から我が家で（家賃も払わず）自由に暮らしている貘は、現在……

アルパカのヌイグルミ姿のまま、リビングのソファーでプロレスのＢＤ《ブルーレイ》を鑑賞中。小脇《こわき》には、Ｍ＆Ｍらしきチョコレートを持って。

（あいつめ……）

貘はあの哀《あわ》れな姿になる前から、ちょくちょく美味《うま》そうなチョコを持っていた。

だがそれを絶対、分けてはくれないんだよな。

今も俺がリビングに入ったら、さりげなくクッションの下に隠したし。チョコを。

よし、あれ、食ってやろう。

とはいえ貘は用心深い。

まずは……会話して意識を逸《そ》らしてからだな。

「ずいぶん古いプロレスの映像だな、貘」

俺は貘の隣《となり》のソファーに腰を下ろしながら、さりげなく話しかける。

「1972年、アントニオ猪木《いのき》VSカール・ゴッチ戦。時間無制限1本勝負だ」

貘《ばく》が言うとおり、画面の中では……

往年のアントニオ猪木が、カール・ゴッチを関節技で攻めている。

「えげつない関節技だな……両手両脚《りょうあし》で、左腕一本をガッチリと極《き》めてるぞ。猪木」

「あれは鍵固め《キーロック》。四肢《しし》全《すべ》てを絡《から》みつかせて敵の腕一本を攻める、極まったら外せない必殺技だ。さて静刃《せいじ》、格闘戦の座学といこう。この試合、これからどうなると思う?」

「どうもこうも。ギブアップするしかないだろ。タップアウトで、ゴッチの負けだ」

と、俺《おれ》が言った時……

ぐ……ぐぐ……ッ、と、ゴッチは渾身《こんしん》の力を籠《こ》め、なんと腕に絡みついた猪木を持ち上げていった。

100kgはありそうな猪木を、腕一本で!

そして猪木が鍵固めを解かざるを得ない、コーナーポストまで運んでいってしまった。

「す、すげえ……」

俺が目を丸くしていると、

「ゴッチは、猪木のトレーナー。師匠《ししょう》のような立場の男なのだ。弟子に、あのような必殺技を極められてしまったのだよ。その瞬間《しゅんかん》ゴッチは、男の意地で——火事場の馬鹿力《ばかぢから》、つまり己《おのれ》の潜在能力を開放させたのだ」

潜在能力の、開放……

俺が妖刕《ようとう》に頼っていつもやってる、アレか。

「私の見立てでは、ゴッチは8％程度まで開放しているな。異能でもないのに大したものだ」

と、貘のゴッチ評価は高い。

「貘、お前プロレスファンなのか？　こんな古い映像まで持ってるなんてマニアックだな」

「選手というより、観衆が懐《なつ》かしいのだ。この鬨《とき》の声が」

「え、お前女子プロレスラーか何かやってたのか」

今じゃアルパカのヌイグルミになっちまったが、こう見えて貘はすげえ長生きらしいからな。

もしかすると、昭和の頃《ころ》とかにやってたのかも……

と、俺は生前（？）の貘の姿を思い浮かべる。

身長もスラリと高く、それでいてスタイルも良かった美人の貘が――水着っぽい女子プロのコスチュームを着て、リングインしたら……

いいな。

絵になるだろうな。

ちょっと、ファンになっちゃうかもだ。

「違う。私はこの時代、沖縄《おきなわ》の亀甲墓《カミヌクー》で眠っていたからな。ただ、もっとずっと過去……女である事を隠し、武者として戦《いくさ》に出ていた時期があるのだ」

「武者……？」

「16世紀、戦国時代だ。当時の戦場《いくさば》の足軽《あしがる》は、こういう騒ぎ方をしたものなのだよ」

テレビからは興奮した観客の野次《やじ》が連なって、歓声の渦となって聞こえてきている。

昔の戦場では、こういう声が聞こえてたんだな。

生き証人がそう言ってるし。

（それはそうと……）

貘《ばく》は今ウットリと、テレビから聞こえる客の声を聞いている。

さっきクッションの下に隠したチョコを奪《うば》うなら、今だぜ。

「……──それッ！」

俺《おれ》はいきなりクッションをどけ、下にあったピーナッツチョコと思われるものに手を伸ばす。

すると──

「こら！」

──バッ！

貘はスピンしながら跳《と》び上がって、ビシッ！

ヌイグルミ『アルパカ君ちゃん』の短い足で、ローリング・ソバットを放ってきた。

それが俺の眉間《みけん》に、思いっきりメリ込む。

「──痛《いて》ッ！」

軽いヌイグルミとはいえ、速度があるもんで突き刺さるような激痛が頭部に走り……

どさっ。ごてっ。

俺はソファーの上に仰向《あおむ》けに倒れ、ハミ出た上半身をフローリングの床にぶつけてしまう。
ア、アルパカに負けた。俺。
「弱すぎだぞ静刃《せいじ》」

俺が取り損ねたチョコを器用に投げ上げて、ぱくり。食う時だけ大きく開くシュールな口で、アルパカ貘はチョコを食べている。

「もぐもぐ……益荒男《ますらお》なのに……もぐもぐ……情けない」

貘の言葉通り……

情けないな。今のは、我ながら。

ヌイグルミにすら負けるとか。

だが、今の俺は素《す》の俺だ。妖刕《ようとう》さえあれば、今の蹴《け》りぐらい軽く躱《かわ》して——

「妖刕があるからと言って、本来の自分を鍛《きた》えなさすぎだぞ。異能は、いつ何時、誰《だれ》の挑戦を受けるか分からないのだから」

いつ何時、誰の挑戦でも受ける——

アントニオ猪木《いのき》の名言を一部引用しながら、アルパカがお小言してくる。

「妖刕を出来るだけ持って歩くとしても、常に持っていられるとは限らぬ。すなわち、妖刕を取りに行くまでに、生身《なまみ》で異能に対応しなければならないシチュエーションが有り得るのだ」

生身で、異能に……？

考えるだけでゾッとしねえな。

バラバラにされちまいそうだよ。

「生身のお前が脆弱《ぜいじゃく》なのは、望ましくない事だ。妖刕《ようとう》が無くとも、多少は格闘能力がなければいけないぞ。異能として」

プロレスを見ていた影響《えいきょう》か、貘《ばく》は格闘の重要性を説いてくる。

「格闘って、相手は異能なんだろ？　素手じゃムリだ。妖刕に潜在能力開放《オープンアクト》で底力を出させてもらわなきゃ、手も足も出ねえよ」

ボヤいた俺《おれ》を見下ろしたまま、きゅ。

貘は組む時だけ伸びるシュールな前脚《まえあし》を腕のように組む。

「否《いな》。今のカール・ゴッチの試合を見ただろう。妖刕に頼らずとも、人間は火事場の馬鹿力《ばかぢから》で潜在能力を覚醒《かくせい》させる事が可能なのだ。一流のプロレスラーは皆それが出来るのだぞ。お前も、その訓練をするべし」

なんか……話がイヤな流れになってきたぞ。

「プロレス道場に入門しろとか言うなよ？」

面倒事の芽は早めに摘もう、と思って先手を打ったつもりが……

それが貘に余計なひらめきを与えてしまったらしい。

「ふむ……プロレスか。いいかもしれないな。よし静刃《せいじ》、今日はプロレスをしよう。格闘訓練と同時に、火事場の馬鹿力——生身による潜在能力開放の訓練をするのだ」

「プロレス……？」

「とはいえ、私もプロレスラーにはツテがない。とりあえず、手近な人間で稽古《けいこ》だ」

貘が……

何か、企《たくら》んでる顔をしてるぞ。

俺に格闘戦の訓練をさせつつ、さらに自分も何らかの得をするような案があるっぽい。あの顔はそういう顔だ。

まあ、アルパカ君ちゃんのヌイグルミの顔だから、細かくは分からないんだが。

昼——

料理上手《じょうず》の祈《いのり》&矢子《やこ》さん姉妹の手作りによる、それはそれは美味《うま》いふわとろオムライスを皆で食べていると、

「祈。矢子。お前たち姉妹に1つ命じる。食後、静刃とプロレスの試合をしろ」

来た。

さっき『手近な人間で稽古』と言ってた貘が、最も手近な人間——俺の妹と姉を、指名した

ぞ。俺《おれ》のプロレスの相手に。

「プ、プロレス？　お兄ちゃんと？」

「せーくんと……プロレス？」

頭上にハテナマークを浮かべてキョトンとする2人に、貘《ばく》は、こくり。

「そうだ。静刃《せいじ》は妖刕《ようとう》無しでは弱すぎて、今後、異能を開放する前に敵にやられてしまう怖《おそ》れがある。従って、格闘訓練が必要なのだ」

イスの背もたれの上に立ち、マッチメーカー気取りで頷《うなず》いてるよ。このアルパカめ。

「おい貘。訓練はともかく、なんで相手が祈《いのり》と矢子《やこ》さんなんだよ。男と女がプロレスだなんて、いかがなものかと思うぜ。しかも2対1――」

「男と女のミックスファイト、かつ、女2人対男1人のハンディキャップ・マッチ。プロレスでは間々《まま》行われている事だ」

常識に基づいた否定的意見を述べる俺にも、貘は涼しげな顔だ。

「祈、プロレスって見たことある？」

「ううん。お姉ちゃんは？」

「ないの」

血が繋《つな》がってるだけあって似たおっとり顔を突き合わせる祈&矢子さんは、そんなシロウト以前の会話をしてる。

どうせ貘は俺が反対しても言うことを聞かないので、２人を反対派に引き入れようと思ったのだが……

「——妹は兄のために。姉は弟のために」

という貘のマジックワードで急に、

「お兄ちゃんのため……！」

「せーくんのため……！」

祈と矢子さんに、やる気のスイッチが入ったようになった。やべえぞこの流れ。

「祈。矢子。異能抜きの素手で、静刃と格闘の訓練をするのだ。アリスベルは琉球空手《ウチナーディー》と中国《クン》拳法《フー》の覚えがあり、強すぎるからな」

「うん！　アリスベルはダメ！」

「そうだね、私たちの方が適切だと思う！」

祈・矢子さんの２人は貘がおそらく意図的に出した『アリスベル』という人名にもしっかり反応。前のめり気味になった。

そこで口の上手《うま》さに定評のある貘が、トドメとなる報酬《ほうしゅう》を付け加える。

「静刃からＫＯ、ピンフォール、またはタップやギブアップで一本取れた方に、２人っきりで半日デートする権利を与える。デート中、静刃は相手の言うことを何でも聞く事」

「！」

「！」

祈《いのり》の黒い瞳《ひとみ》と矢子《やこ》さんの濃紫《ヒース》の瞳が、ピカッ！

と光ったような錯覚《さっかく》がする。

文字通り、目の色を変えるほどモチベーションを高めた感じだ。俺《おれ》、詰んだっぽい。

「こら貘《ばく》！　デートって何だ、デートってェ。どこの世界に姉や妹とデートする男が――」

「時間は午後2時から日没まで。場所は追って用意する」

「――勝手に決めるなよ！」

と、俺がキレて話を無かったことにしようとすると……

貘はどこからともなく取り出したiPhoneをつつき、そのスピーカーから……

……ピーヒョロー……ヒョロピー……

と、妙な音楽を流した。

なんだこれ？

眉《まゆ》を寄せる俺の前で、両腕というか両前脚《りょうまえあし》を広げたアルパカ貘は……みょい。みょいん。

イスの背もたれの上で、これまた妙な踊りを踊り始める。

後ろ足で立つ、キモい二足歩行モードで。

……シャンシャン……ピーヒョロー……

……みょいん。みょいん。みょい……

あー……

なんとなく、分かってきたぞ。

これはムエタイの選手が戦う前に行う、ワイクルーだかラムムアイだかという踊り。相撲《すもう》で言えば土俵入りみたいな、戦う前の、神に捧《ささ》げる動作なのだ。

要するに——

『静刃《せいじ》、私と闘《や》るのか？』

って意味だぞこれ。

これ以上ゴネたら、またローリング・ソバットが来るな。

ていうか、シャドーボクシングっぽい動きもアレンジして交えてるし。貘。

祈と矢子さんはキャッキャッかわいい♪的に貘を見てるが、あれは明らかに俺への威嚇《いかく》。

これにケンカを売って、姉と妹の見てる前でアルパカにフルボッコにされたら……カッコ悪すぎる。

……チクショウ。

せっかくの休日、しかも英語の家庭教師を（強制的に）買って出てくるアリスベルもいない、自由な日になるハズだったのに。

いきなり夕方まで、面倒くさい予定が入っちまったよ。姉・妹とのプロレスとか。

（まあ、何の異能も使わないんなら……命の危険は無いから、普段のあれこれよりはまだマシか……）

などと、こういう面倒事に慣れてしまいつつある哀《あわ》れな俺《おれ》が自分を慰《なぐさ》めていると——

面倒事の種ことアルパカ貘《ばく》が、ヨチヨチ。

メジャーを背に乗せて、やってきた。

そして、リビングにいた俺・祈《いのり》・矢子《やこ》さんの３人にそのメジャーを見せてくる。

「ではまず、矢子・祈の体格を測定する」

「体格？」

尋《たず》ねた俺に貘は、ポン。

ロデオみたいに背中からメジャーを跳《は》ね上げ、パスしてきた。

「格闘戦では、敵の体格が重要なファクターとなる。自分より大きな相手には投げ技が決まりやすく、自分より小さな相手は押さえ込みやすい。また、体格は打撃技の威力《いりよく》、手足のリーチにも影響《えいきよう》を及ぼす。こんな事は基本中の基本だぞ静刃《せいじ》」

したり顔で言うアルパカは、

「というわけで静刃。祈・矢子のスリーサイズを計れ」

などと、セクハラ命令を下してきたぞッ。

祈・矢子さんは「へっ？」という顔を並べて双方の胸やオシリをチラチラ見る。

「な、なんでスリーサイズなんだよ！　普通は身長とか体重とかだろ！」

俺がメジャーを投げつつ抗議すると、

「姉妹がドキドキすれば、恋心の収……いや、スリーサイズを計るのは、これが実戦に即した訓練だからだ」

「どういう事だよ」

「身長体重は見れば大体分かる。しかし敵の『体型』は通常、衣服で隠れていて分かりにくい。組み技や極め技《き》は、相手の体型いかんで効果が変わってしまう。実戦の場で敵の体型を瞬時《しゅんじ》に推測するために、実測データとして2人の例を頭に入れておく事はためになるだろう」

アルパカ貘の、理屈は……

一理あるっちゃある？　ような？　気もしてきたが……

「で、でも、恥ずかしいだろ。祈も、矢子さんも。自分たちでお互いに計れば……ていうか、貘が計ればいいだろ。スリーサイズなんて」

自分の発言で、祈と矢子さんがお互いの体をキャッキャウフフと下着姿で計測し合う光景を想像してしまった俺は……

頭を振って、その妄想《もうそう》を打ち払う。

「——静刃に計られるのは恥ずかしいか？　祈、矢子」

貘に訊《き》かれた姉妹は……

「はーっと……うん」

「は、恥ずかしいかな。ちょっと……」

2人とも頰《ほお》を赤らめて、うつむきながら上目遣《うわめづか》いで俺《おれ》の方をチラ見してくる。

よし。

これで、この美人姉妹のスリーサイズを計るという悩ましいイベントは回避できそうだ。

「なぜだ？」

「最近、私たち、ちょっと食べ過ぎで……」

「ウエストだけは、せーくんに内緒にしたいの」

尋《たず》ねた貘《ばく》を、2人は恥ずかしそうに拝む。

恥ずかしがってるポイント、そこかよッ！

個人的にはウエスト以外の2つの方が恥ずかしいと思うんだが！

「ウエスト以外ならいいのか？」

すかさず尋ねる貘に、2人はうなずいてる。

そこには2人とも自信があるのか、どんとこい的な表情だ。

ていうかウエストだろうがヒップだろうが、妖忽《ようとう》に訊《き》けば一発で分かるんだよ。俺は。

と言ってメジャーでの測定を辞退したいところだが、矢子《やこ》さんのバストだけを妖忽の表示《ガイド》で
コッソリ把握《はあく》していた事がバレたら印象が悪い。ムッツリスケベ的で。

（やるしかない、のか……！）

姉と妹のスリーサイズを、メジャーで計測。

うう。

義理の義理の姉妹《きょうだい》とはいえ、そんな事をしていいのか。兄として。弟として。人として。

と、俺がものすごく緊張した顔をしていたら……その表情に気づいた祈《いのり》と矢子さんは、俺が計測をイヤがっているものと（実際イヤだが）感じたらしく「触れるのもイヤなほど、私たち姉妹が嫌いなの？」といった不安げな顔をする。

それを見た貘は「ふむ。少し勇み足だったか。この2人は大胆《だいたん》であってウブだからな」などと呟《つぶや》き、イスからテーブルに飛び移った。

そして、

「よし。ではウエストは私が計ろう。他《ほか》のは、クジ引きで計測者を決める」

と、貘がメモ帳に書いたアミダくじにて——

祈のバストは矢子さん、矢子さんのヒップは祈が計る事になった。

2回くじを引かされた俺は、祈のヒップと、矢子さんのバストを計る係。

で……

我が家のリビングにて、白昼堂々……

さっき俺が不埒《ふらち》にも空想してしまった、祈と矢子さんによるキャッキャウフフが実現されてしまう。

2人はメジャーをお互いの体に回し、笑顔で胸とオシリを計り合っているのだ。たった今。

カメラないかな。

「うふふっ。もう祈《いのり》ったら。動かないの」

「だってぇ。お姉ちゃん、くすぐったい」

うわぁー。

あんなセリフ、今日日《きょうび》ラノベでも言わんぞ。だが事実は小説より奇なり。仲良し美人姉妹が実際じゃれ合うと、言うもんなんだなぁ。

そして──

ついに時が来てしまう。

ウエストを計った後の生《なま》あったかいメジャーを、貘《ばく》が俺《おれ》に渡してきたのだ。

「……じゃあ、お兄ちゃん……お願いします」

おずおず。

まずは祈が、俺の前にやってきた。

長いストレートの黒髪をサラリと揺らして、恥ずかしげに俯《うつむ》いてる。

「お……おう」

妹のヒップを計るという禁断の使命を帯びた俺は……恥じらう祈に、膝《ひざ》をついてジリジリと近寄る。だがしかし。

「えっと……どの辺を計ればいいんだ？」

ヒップ＝オシリという事までは知っているが、お尻《しり》といっても腰の辺りから太ももの付け根までである。どこを計ればヒップとなるのか。

首を傾《かし》げた俺に、

「ヒップとは、真横から見た臀部《でんぶ》の曲線、その極大値の周囲を計るものだ」

貘が、少し数学的な説明をしてくれた。

俺は『臀部の曲線』を見るため、祈の真横に回ってみる。

しかし、どこが極大値なのかよく分からない。

というのも祈は市ヶ谷《いちがや》女子中学のセーラー服——制服を着て生活しており、紺色《こんいろ》のプリーツスカートをはいているのだ。

なぜ祈が休日に制服を着てるのかというと、我が家では女子がいつも制服で生活する文化があるからなのである。

これは私服をほとんど全《すべ》て宅配便でローマに送ってしまったドジッ子矢子《やこ》さんが、やむなく居鳳高《いのう》の制服を普段着にしてて……それを俺に平べそで謝ってきたから、「似合ってるよ」と言ってあげたのが原因だ。

そのエピソードが矢子さんから家の全員に伝わり、いつの間にかアリスベル・祈・貘の間で

「静刃《せいじ》は矢子《やこ》の制服姿が好きで、常日頃《つねひごろ》からそれを着るプレイを命じている」という誤情報に変えられてしまったのだ。

で、そんな矢子さんに同情してか、謎《なぞ》の対抗意識を持ってか、アリスベルと祈《いのり》も制服で生活するようになってしまったのである。着替えの制服まで用意して。

閑話休題《かんわきゅうだい》——さて、スカートをはいた状態の祈のヒップをどう計ろう。

膝《ひざ》をついたまま祈の正面に戻り、数学の問題感覚で悩んでいると、

「ではスカートをめくれ」

貘《ばく》が解答を教えてくれた。

あ、なるほど。そうすればオシリが見えて、極大値も分かるね。

——って！

「なに言ってんだバカ貘！　どこの世界に妹のスカートをめくる兄貴がいるかよッ！」

大体そんな変態チックな行為をして、それが万一アリスベルの耳に入ったらどうなることか。迷わず入れろ。入れれば分かるさ。じゃない、俺《おれ》、確実に殺されちまうぞ。『妹のスカートをめくるなんて超モーレツにヘンタイです！』とか言われて、環劔《かんけん》で輪切りにスライスされて。

「静刃がやりたがらぬなら、祈。自分でたくし上げろ」

「う、うん。分かったよ」

「ほら聞いただろ祈だってイヤがってるだろっ……って、おいィ⁉」

「しっ、失礼しますっ！」

ぺらっ。

貘に不服を申し立てる俺の目の前に――

色白な祈の太ももが、突如《とつじょ》、開帳された。

付け根まで、まるまる全《すべ》て。

アホの祈が……自らの手で、スカートをたくし上げてしまったのだ！

「いいい祈ッ！　おまおまお前はお前で何をッ……！」

「だって、お兄ちゃんのためなんだもん……！　お兄ちゃんが格闘訓練できなかったら、弱くて他《ほか》の異能に負けちゃうんだもんっ。だから祈は、妹は、兄のために……っ！」

プルプル震《ふる》える手でスカート前面を持ち上げた、微妙に失礼な事を言いつつの祈は――

恥ずかしさに目を潤《うる》ませながらも、懸命だ。

俺のために、頑張ってくれているのだ。

これをスルーするのは、さすがに忍びないッ。

「祈、がんばって！　がんばって！」

などと矢子さんも赤くなりながら、羞恥心《しゅうちしん》と戦う祈を応援ムード。あんたもトンチンカンな人だな矢子さん。知ってたけど。

「うっ……動くなよ祈、すぐやるからなっ」

俺《おれ》は横に回り、それはそれは全体がまるまる見える白い木綿《もめん》の薄布は全《すべ》て見えない事にして、祈《いのり》のまん丸なオシリの極大部の目星をつけた。

そして引っ張り出したメジャーをその辺りに回し、ぐるりっ。

前面に戻り、ヘソ下でメジャーを合わせ、

「きゅ、90だっ！」

メジャーの数値のみに視覚を集中させつつ、祈のヒップを計り終えた。

「はいっ。祈のヒップは90ですっ！」

祈もいっぱいいっぱいの涙目で、しなくてもいい復唱をしてくる。

なんなのこの兄妹《きょうだい》。

しかし、この……

祈のスカート内部から開放された、シュガーミルクみたいな甘い香り。いいニオイすぎる。

髪の毛もこんな香りがするんだが、どうやら祈の体のニオイらしいな。

なんだか頭がボーッとして、本能的に惹《ひ》かれてしまう感じがして……逆説的に、祈が自分の実の妹ではない事を思い知らされるよ。

何かの本で読んだが、異性のきょうだいは近親相姦《そうかん》を防ぐため、二次性徴が始まると互いのニオイを嫌い合うようになるらしいからな。

ぱっ。

祈《いのり》はスカートを下ろし、いっぺん俺《おれ》の頭部がそれに覆《おお》われて『妹のスカート内部に頭を突っ込む兄』という最低の絵面《えづら》になりつつも——

俺は地を這《は》うようにしてそこから抜け出し、なんとかミッション・コンプリート。

いやぁ……す、すごい体験をしてしまったな。

男子としては大きな階段を上ったような気もするが、祈が自分の妹である事を考慮《こうりょ》すると、逆に大きなものを失った気もする。

しかし、事は妹だけでは終わらないのだ。

まだ姉がいる。

「せ、せーくん。次は私も頑張るね。姉は弟のために……！」

祈を称《たた》えるように抱《だ》きかかえていた矢子《やこ》さん、そのバストを計らねばならないのだ。

居鳳《いのう》高のセーラー服をドドンと持ち上げた、その100㎝・Jカップのバストを……！

ていうか知っている数値を計るというのもバカらしいんだが、それを俺が知っているという事は知られていないので、知らないフリで計らねばならない。

ちくしょう。涙が出てきた。

「よし矢子。お前はブラウスをたくし上げろ」

いきなり、アルパカがそんなハレンチな命令しちゃってるし……！

「う、うん……」

矢子さんはうつむいて、もじもじ。

祈同様、ちょっと震《ふる》える指でブラウスに手をかけた。脱ぐ前のような構えだ。

「武士の情けで下着は取らなくても良い」

「……はい」

矢子さんも……やる気か……！

いかん。いくら下着に覆われているとはいえ、あの大双球が目の前にまろび出た日には——

うっかり相手が姉であることも忘れて、別のプロレスを始めてしまいかねん。本能で。

女とは、俺にとって危険の呼び水。

それを思い出した俺は、もうこれ潜在能力の開放なんじゃないか？　って程《ほど》の超スピードで移動する。矢子さんの、背後へ——！

次の瞬間《しゅんかん》、目を閉じていた矢子さんは、

「え、えいっ！」

たゆんっ！

あまりの巨大さにブラウスを引っ掛けつつ、輸入品の高そうな下着（日本製だとJカップのブラはなかなか売ってないそうだ）に包まれた、2玉のメロンみたいな両胸を露出《ろしゅつ》させた。

しかしそれは、矢子さんの背後に回った俺の視界にはほぼ入らない。

見えたのは、下着の白いバンドとストラップのみだ。

大きなチャンスを逃したような気もするが、いいんだ。いいんだよ、静刃《せいじ》。

そもそも見えたところで、この人は俺《おれ》の義理の姉なわけで、ひたすら悶々《もんもん》とさせられるだけなんだからな。

「あれっ、せーくん……？」

そんな俺の決死の努力を無化するように、天然の矢子《やこ》さんはこっちに振り向こうとする。

ので、俺は矢子さんの両肩を摑《つか》んで、背後を向かせたままにする。

「い、いいんだよこっち向きで。バストは後ろからメジャーを回しても計れるだろッ」

「え、あ、うん。じゃあ、お願いしますっ」

下着アリとはいえその巨乳を丸出しにしてる矢子さんも、緊張したムードだ。

いやまあ、セーラー服のブラウスを引っぱり上げて胸を露出《ろしゅつ》させて、それで平然としてたらそれは間違いなく痴女《ちじょ》だけどな。

しかし……スゴイぜ、我が義姉《あね》ながら。

何て乳《ちち》だ。

後ろから見てるのに、左右にしっかり球体の一部がハミ出ちゃってるぞ。ボディーを大地と見なすと、日の出みたいに。

「あ、あの。せーくん。早く……」

緩《ゆる》くウェーブしたピンクブロンドの長い髪を揺らして、矢子さんが恥ずかしそうに俯《うつむ》いた。

そ、そうだ。

日の出を拝んでる場合じゃなかった。

姉に胸を放り出させたまま、放置してたよ。

「じゃあ、計るッ。前の方は矢子さんが自分で位置を整えてくれ」

俺は矢子さんの前にメジャーを回し、口から心臓が出てきそうなほどドキドキしながら言う。

「は、はいっ」

バストもヒップと同じで、胸の膨《ふく》らみが一番大きくなっている部分にメジャーを載せるのだそうだが、そんなの俺が出来るかっての。

膨らみが一番大きい所っていうのは、つまり胸の先端の、その、えっと、突起の、そのっ、アレだろ？　ムリだ！　姉弟《きょうだい》でそこまでは御免《ごめん》こうむるッ！

という俺の空気を読んでか、鬼トレーナーの貘《ばく》もバストトップにメジャーをあてがう作業は矢子さん本人がする事を黙認してくれた。

「えっと、はい。できましたっ」

と言う矢子さんが、胸のトップにメジャーを載せ終えたらしいので——

シュルーッ！

俺は矢子さんの胸を軽く縛《しば》るような感じで、その胸囲を計るべく背中でメジャーを合わせた。

すると……矢子さんのバストは……

……90cm？

「あれ？　ひ……」

100cmじゃなかったっけ？　と言いかけてしまい、俺《おれ》は慌《あわ》ててセリフを呑《の》み込む。

だが、おかしいな。

矢子《やこ》さんの3桁《けた》バストは（俺の中では）有名なのに。それより10cmも縮んでるぞ。

キョトンとする俺の耳に、

「あ……あぁ……ふぁあ……」

矢子さんの泣いてるような、気持ちいいような、艶《なま》めかしい声が聞こえてきた。

なんで……こんな声上げてんの……矢子さん？

「？」

ちょっと見上げると、矢子さんはコンデンスミルクみたいな香りのする甘い吐息を漏《も》らしてはぁはぁ悶絶《もんぜつ》している。

色白な頬《ほお》を赤くさせ、恥じらってる。きつく閉じた目には、僅《わず》かに涙まで浮かべて。

矢子さんを前から見る祈《いのり》と貘《ばく》も、あんぐりと口を開けて絶句している。

何。何だ。これは緊急事態だ。

状況を確認するため、やむを得ず矢子さんの前面を肩越しにのぞき込むと……

「────！」

そこに展開されていたとんでもない光景に、俺の目玉が飛び出しそうになる。

巨乳や爆乳を超えた矢子さんの超乳《ちょうにゅう》を、俺が回したメジャーが締め上げ——

思いっきり食い込んでいたのだ。胸に、メジャーが。

まるで、つきたてのおもちを縛《しば》り上げたかのような状態だ。

どうやら矢子さんの胸という物体は、俺が予想していたよりも遥《はる》かに柔らかかったらしい。

信じられない柔らかさだ。ここまで柔らかいと、もう神秘的とさえいえる。

「う……あっ……あぁ……やっこ……ちゃん、ぐ……」

だらしないほど巨大な胸を弟に虐《いじ》められた矢子さんは、膝《ひざ》に力が入らなくなってきたらしい。

元からX脚《きゃく》気味の足を震《ふる》わせて、転倒しかねない感じだ。

「……ッ……頑張れ矢子さんッ！　いま、計り直すから……！」

俺はこれもやむをえず、矢子さんの肩越しに胸を見ながらメジャーを緩《ゆる》めていく。

「は……はい、はぁ、はひぃ……」

下着胸をはだけたままの矢子さんも、懸命に踏みとどまる。

そうして——

「100！」

「はぁ、はぁ、せーくん、計測、おつかれさまでした……！　100cm？　なの？」

「ああ。100cmだ。逃げも隠れもしない100cmだ。ピッタリ1mだよ」

「そう。私、1mなの。よかった。ちゃんと、計れて……」

メジャーの縛《いまし》めから解き放たれた矢子《やこ》さんは、女の子座りで床に座りつつブラウスを戻す。

そして、にっこり。

涙をためた目で、やりとげた俺《おれ》を誉《ほ》めるような、気遣《きづか》うような微笑《ほほえ》みをくれた。

矢子さんに手を貸して、再び立ち上がらせると……パチパチパチパチ……

祈《いのり》と貘《ばく》が、俺たちに拍手してくれてる。

矢子さんは嬉《うれ》しそうに、小さく腕で力こぶを作るポーズなんかしてるが……

なんなのこれ？　今さら言うのもナンだが、格闘能力の訓練と全く関係なくないか？


そんなアホをやった後、午後2時前。

試合の開始時刻が近付いてきたという事で、ボクシング選手みたいなトランクスをはいた俺、スクール水着に着替えた祈、ビキニ水着を着た矢子さんは、貘に先導され……

なぜか、風呂場に連れてこられた。

元々は旅館だった我が家の風呂は、ちょっとした銭湯ぐらいの広さがあるのだが――

「先日、私は『異能封じのロープ』を作ったのだがな。沢山《たくさん》作った後で、それが開封後6時間しかもたない不良品だという事が分かったのだ。使い道が無く未開封のまま死蔵していたそのロープを、今回この特設リングのロープにしてある」

そう説明しながら貘が示した檜《ひのき》の浴槽《よくそう》には、いまさっき貘が突貫《とっかん》で増設したのが丸わかりのいいかげんなコーナーポストが設置されていた。

そのコーナーを4つの支柱として、ロープも張られている。

あれが異能封じのロープとやらか。

「貘お前なぁ。うちの浴槽は、確かにプロレスのリングぐらいの大きさだけど……大家《おおや》の俺に一言も無く、勝手にあんなもんを――」

「――異能は本人が意識するしないに拘《かか》わらず、異能力が『つい出てしまう』という事がある。試合中にそれが出てしまっては、徒手《としゅ》格闘の訓練にならない。だが、あのロープがそばにある限り異能は使えないのだ」

俺の文句を完スルーでそう説明した貘は……

ぺた、ぺた。

四足歩行で、風呂場から出ていく。

「おい。どこ行くんだ。レフェリーやったりしないのか」

「私の目的はもう済んだ。後はお前たち、頑張って戦え」

「目的ってなんだよ」

「さっきのスリーサイズ測定で、祈と矢子から恥じらいや興奮の……いや、お前たちには関係ない事だ。私はこれから、食事をする。裏の廃《はい》教会にいるが、食べ終わったらこっちに戻ってくるよ」

何か美味《うま》い食べ物にあてでもあるのか、貘《ばく》はソワソワしてる感じだ。

というか、もう貘的にはプロレスはどうでもいいようなホクホク顔をしてる。なんなんだよお前。

で、貘は……たったった。

馬みたいに走って、いなくなってしまった。

もうその食べ物をガマンできない、といった感じで。

「……」

よし、サボろう。

トレーナーもいなくなったし。

祈《いのり》と矢子《やこ》さんに早速そう提案しようとしたら、

「じゃあ始めよう、お兄ちゃん。祈、さっきプロレスの動画を見たの。ユーチューブで」

「プロレスやろう、せーくん。私も貘ちゃんに借りた入門書を読んだの」

「妹は兄のために、だもんね」

「姉は弟のために、だからね」

祈と矢子さんが、2人とも自分のアゴの下に両拳《りょうこぶし》を下から添えるブリッコポーズ&やる気に満ちたお目々でこっちを見てくる。

ごごごごー、と、2人の瞳《ひとみ》には燃える炎が映ってるぞ。モチベーション高っ。デート権が懸かってるからかな。

――もう、逃げられる空気じゃないよコレ。

「じゃ……じゃあ、お手柔《てやわ》らかに頼むぜ」

と、俺《おれ》は総合格闘技《MMA》用のオープンフィンガーグローブを確かめながらリングに上がる。

妖刕《ようとう》は自室に置いてきたので、このリング、ロープで異能が封じられているかどうかは分からないが……

同じくオープンフィンガーグローブをつけてリングインしてきた祈&矢子さん姉妹コンビは、

「あ、ホントだ」「式力《ちから》が固まっちゃうのね」などとそれぞれの異能が停止した事に驚《おどろ》いている様子だ。

ちなみにこの浴槽《よくそう》は、1辺が6mほどの正方形に近い形をしている。

また、底には檜《ひのき》のスノコを敷くこともでき、今回は簀がその上にさらに薄手のマットレスを敷きつめていた。ご丁寧《ていねい》なこって。

「まあ……これなら、確かにレスリングはできそうだな」

呟《つぶや》いて、俺はリングの角にあたるコーナーに陣取る。

祈と矢子さんは対角線上のコーナーに陣取り、ごにょごにょと作戦会議をしている。

(……相手は女だしなぁ。打撃はナシで、足払いとか、手四つでの力比べとか、そのぐらいに

してかないとな)

などと俺《おれ》も俺なりに計画を立てていると――

ボーン……ボーン……

廊下の柱時計から、2時を示す音がした。

「2時だ。始めるか」

俺がそう言ったのを合図に、コーナーからはまず矢子《やこ》さんが出てくる。

「いくよ、せーくん! 正々堂々やろうね!」

やる気十分の矢子さんは、たったたったたった。X脚《きゃく》で走ってくる。

よし、あの足を軽く払って転ばせよう。

そして、優《やさ》しくフォールしてあげるとするか。

と、俺も前に出ると……

「――やーっ!」

矢子さんは腕を伸ばし、入門書で見たらしいアックスボンバーの構え。

上腕《じょうわん》で俺のノドか胸を叩《たた》き、倒すつもりだ。

だが、こけっ。

「――こっ……!」

ただ走ってるだけなのに片足をくじいた矢子さんは、当初の予定とは異なるコースを走り、

とたた、たたたっ……！

「……ちゃ！」

「んぐっ！」

例の特殊な口癖《くちぐせ》を分割して叫びつつ、最後の『んぐ』は俺《おれ》に言わせつつ――

――ぽゆむぅぅぅっ！

誤って、上腕《じょうわん》ではなく、腕と同時に振るわれた超乳《ちょうにゅう》で俺の顔面を強打してきた。

フリルで飾られたビキニに包まれた、さっき測定したばかりの100cmJカップが……今、俺の視界全《すべ》てを覆《おお》っている……！

顔面で受けたその超乳アックスボンバーは、温めたマシュマロの柔らかさ、いい感じに少々空気の抜けたゴムボールの弾力、蕩《とろ》けてしまいそうな特濃《とくのう》コンデンスミルクの甘い香りを兼ね備えた夢と希望の必殺技《フェイバリット》。これなら何発でも来い。

と、倒れながら夢心地に思ったが……

「ごっごっごめんねせーくん！　お姉ちゃん、失敗しちゃった……！」

矢子《やこ》さんは、奇跡のバストアックスボンバーを通常技の不発と認識して謝ってくる。

「あ、いや……」

俺が矢子さんに引き起こされていると――

「お姉ちゃんどいて！　次は祈《いのり》のばん！」

いつの間にかこっちのコーナーポスト側までリング外を回り込んできていた祈が……

プルプルと膝《ひざ》やお尻《しり》を震《ふる》わせながら……

なんとか、コーナーポストに上った。スクール水着姿で。

そこから祈はトップロープに左右の足を移し、

「やった！　上れたよ！」

と、背を伸ばしてる。

矢子さんは「祈、偉い！　頑張ったね！」と拍手しつつ俺から離れた。

「お兄ちゃん！　祈、えっと、スワンダイブ式・ミサイル・ドロップキックするね！」

祈はこっちに言ってくるが……

えーっと……俺……これ、避《よ》けちゃいけないのかな？

妹が技の準備をする一部始終を見て、挙げ句、技名まで宣言されてるんですけど。

だが、運動神経が悪いのに頑張ってコーナーポストに上った祈の努力をムダにするのも忍びない。

「よし、来い。お前の技ぐらい受けきってやる」

まさにプロレスラーみたいな事を言いながら、俺は立ち上がる。

そして、両手を広げ――まあ、祈がジャンプしてきたらマットにビッタンと落ちないように受け止めてあげるつもりで構えた。

「い、いくよ……と……とぉーっ！」

ぴょーん！

思ったよりちゃんとロープを蹴《け》って跳《と》べた祈《いのり》は、雑な造りのコーナーポストを倒してしまいつつ——

長い黒髪を靡《なび》かせ、俺《おれ》めがけてナナメ上からちょっと広げた両脚《りょうあし》を打ち下ろしてくる。

だがその左右の裸足《はだし》は、すかすかっ。

俺の頭部の両脇《りょうわき》を、空振《からぶ》った。

そして、祈の両脚は俺の頭を挟《はさ》みつつ背後へ流れ——その両脚の付け根の部位、すなわち股《また》が、俺の顔面に——

——むぎゅん！

と、力いっぱい押しつけられてきた。

「——！」

「……！」

中学生の妹の股間《こかん》を顔に押しつけられた兄、高校生の兄を股ぐらに挟んでしまった妹。

すなわち俺と祈は——揃《そろ》って真《ま》っ赤《か》になって、固まったままリングに倒れていく。

年齢よりもムッチリした、祈の生太《なま》ももやスク水の臀部《でんぶ》は……

ぶつけられ、のしかかられても身体的にはソフトだった。が、心理的にはハードだったね。

今夜ちゃんと寝られるかな、俺。

仰向《あおむ》けに倒れた俺と、俺の顔に乗っかった祈の間に、しばらくの沈黙が流れてから……

「ひゃあぁー！　ごっごめんねお兄ちゃん！」

慌《あわ》てて脚を広げ、それはそれで凄《すご》いポーズになりつつ、祈は俺の頭を太ももの間から抜く。

俺も仰向けのまま祈から少し離れたが——その時、さっきコーナーポストが倒れたせいで、リング内に『異能封じのロープ』が落ちてきているのに気づいた。

ちょっとそれが俺の足に絡《から》まってもいたが、外すヒマは無かった。

「——えーいっ！　フォールします！」

ダウンした俺を押さえ込もうと、矢子《やこ》さんが襲《おそ》いかかってきたのだ。

起き上がろうとした俺だが、足に巻きついたロープのせいで対応が遅れた。

——ばふぅ！

甘い香りのするピンクブロンドの髪を広げた矢子さんが、俺の上半身を上半身全体で押さえつけてくる。

これは……柔道でいう上四方固《かみしほうがた》めだ。

敵の上半身に自分の上半身を上下逆に重ね、動けなくさせる押さえこみ技。掛かりは浅いが、いま俺の下半身にはロープが絡まっている。結果、俺は身動きが取れなくなってしまった。

「……！　……！」

意図的ではなさそうだが、矢子《やこ》さんはその胸で俺《おれ》の顔を押さえつけている。これがきっちり右乳と左乳で頭部を挟《はさ》んでおり、抜け出せない……！

しかもこの胸、うつぶせになったせいで——

さっき立っていた時よりボリュームが激増してる。す、すごいぞコレ。

あわや窒息《ちっそく》、失神フォール負けかと思われた俺だったが——下乳《したちち》に気道を確保し、いろんな意味で必死に耐えている。

耐えろ……耐えるんだ俺よ……ッ！

フォール負けしたら、矢子さんと半日デート。

しかも俺はその間、矢子さんの言う事を何でも聞かなきゃならない。

矢子さんは普段は天使のように優《やさ》しい人だが、ひょんな事で俺を『弟』として意識した時に奇妙な興奮状態になる事がある。

経験上、あの状態の矢子さんはヘンなプレイを要求してくる事があるんだ。

そんな矢子さんがフリー命令権を得たら……姉弟《きょうだい》では決してやっちゃいけない系の、禁断のお遊戯《ゆうぎ》を命令される怖《おそ》れがある。とにかく、なんとしてもここは凌《しの》ぐぞッ！

（回転して——上下を入れ替えるんだッ）

俺はジタバタ動くが、ロープが余計に絡《から》まるだけなのと、

「あ……あっ、せーくぅん……！」

などと、胸に頭をグリグリ擦《こす》りつけられた矢子さんの悶《もだ》え声が聞こえてくるだけだ。

俺の動きで、矢子さんの豊満な体にもロープが絡みついていく。

次第に、俺と矢子さんを縛《しば》るような感じで。

するとそこで――

「むぐっ……痛ッ……いてェ！」

俺の足に、いきなり妙な痛みが走る。

足全体には矢子さんとは別の、むんにゅりと柔らかい腕や足が密着している。

き、気持ちいい。だが足首が痛い。超痛いぞ。両足とも。

矢子さんの顔越しに見れば、そこでは――

俺の両脚《りょうあし》を、祈《いのり》が抱《かか》えていた。

そして両腋《りょうわき》の下《した》で、俺の両足首を極《き》めている。

「んうーっ！　ダブル・アキレス腱固《けんがた》め！」

なんでそんな高度な技がいきなりできてんの祈！

ビギナーズ・ラックで俺の両足首を偶然ガッチリ極める事に成功した祈……その身体《からだ》にも、
異能封じのロープがあちこち絡まっていた。

今や俺は上半身を矢子さんに、下半身を祈に支配され、さらにロープで2人と縛られている。

矢子さんは元より、俺は祈にも負けられない。

アリスベルは俺《おれ》と祈《いのり》の兄妹《きょうだい》が仲睦《なかむつ》まじくしていると、なぜか知らんが特に怒るのだ。

それはもう、烈火《れっか》の如《ごと》く。

それが半日、兄妹デートなんかしてみろ。

我が家がバトル・ロワイヤルになるぞ。

原田邸《はらだてい》は築・推定90年。建築士にチェックされたら建て直しを命じられるレベルの、骨董品《こっとうひん》みたいな和洋折衷《わようせっちゅう》建築なんだ。アリスベルの荷電粒子砲《メビウス》やら祈のパルス・ニードルやらで柱をあと2、3本やられたら、トランプのピラミッドみたいに倒壊の危険さえある。

「祈、や、矢子《やこ》さんッ……ギブアップするワケじゃないが、そんなに本気にならないでくれ。半日デートする権利がどうのとか、あれは貘《ばく》が勝手に言い出した事で……！」

2人同時に寝技をかけられつつの俺が、少し手を抜いてもらおうと思って言うと、

「ちがうよ、お兄ちゃん……！　祈、もちろんお兄ちゃんとデートもしたいけど……これは、異能との格闘戦にお兄ちゃんが負けないためにしてることなんだもん……！」

「そうだよせーくん。これは、あんっ……せ、せーくんのためなの。せーくんの、ためなの。妹は兄のために、姉は弟のために……！」

——祈と、矢子さんは——

貘の話を真剣にとらえ、俺が妖刕《ようとう》を使う前に他《ほか》の異能にやりこめられてしまわないようにと特訓をしてくれているんだ。純粋に。

その気持ちは……

素直に、嬉《うれ》しい。

祈・矢子さんと俺は、家系図的には複雑だし、2人ともちょっとアレな所もある。

でも、やっぱり俺の——妹と姉なんだな。

ただ……

「いや、2人とも聞いてくれ。これは貘も想定してなかった事だと思うんだが、2人に同時に寝技をかけられたら……俺がギブアップしても、祈と矢子さんのどっちが勝ったか分からない。一旦《いったん》技を解いて、スタンドからの仕切り直しにしないとダメだと思うんだが——」

俺が言うと、祈と矢子さんは俺に技をかけたままの姿勢で顔を見合わせた。

「それも……そうかもだね」

「じゃあ、スタンドアップしよう」

そして2人でそう言って、ふっ、と力を抜いてくれた。

だが、体は密着させたまま離れてくれない。

「……どうしたんだ？　立てないぞ、このままじゃ」

「あれ……？　お兄ちゃん、離れられないよ」

「うーん。あ、あれっ？　ロープが……」

俺も立とうとするが、立てない。

俺《おれ》・祈《いのり》・矢子《やこ》さんの体にはロープが絡《から》まっており、暴れたせいで今や雁字搦《がんじがら》め。

離れる事も、立つ事もできない状態になってしまっていたのだ。

「ここを、こうして……おい祈、こっちに足を向けろ」

「う、うん」

「矢子さんは頭をこっちに」

「え、えっと。ここ？」

などと綾取《あやと》りのように、３人は体をズリズリ擦《こす》りつけながら姿勢を整えていく。

これがまた、祈や矢子さんの体が俺の上を艶《なま》めかしく行き来するイケナイ行為だったのだが
——結局、俺たちは離れられず、立てずじまい。

主に祈は俺の左腕に、矢子さんは俺の右腕に手足が絡みついてて、俺は両腕に人間の重りをつけられたような状態だ。

そこに……

……シャーッ……

という……音……？

そしていつの間にか濡《ぬ》れきったマットレスの下から迫り来た、ぴちゃ、という冷たい感触。

これは……

「えっ……水？」

という祈の声に、俺は音のする方を振り返る。するとそこでは、引っかかったロープが古い蛇口《じゃぐち》を引っぱり、根元を壊してしまっていた。

折れた蛇口の付け根からは、水が勢い良く出ている。

倒れた俺たちの体の下から、少しずつ浴槽《よくそう》に水が満たされてきているのが分かる。

(マズイぞ……このままだと……)

3人揃《そろ》って、溺《おぼ》れてしまう。

それに気づいた祈は念動力《PK》と思われるESPで、矢子さんは何らかの魔術で、それぞれ水を止めたり3人を浮揚《ふよう》させたりしようとしたらしい。

だが、それらの異能は全《すべ》て発動しない。

それもそのはず、いま俺たちを縛《しば》り上げているこのロープは『異能封じのロープ』なのだ。

「……頭が半分ぐらい、水に浸《つ》かってきたな」

「ど、どうしよう。お兄ちゃん」

「せーくん、浴槽の隅の方に移動しよう」

じゃぶ、じゃぶ。俺たちは固まったまま、イモムシのような動きで移動していく。

矢子さんの提案通り、少し傾斜のある浴槽の隅まで移動してきたはいいが——

当然、水位はここも大差無い。

今やもう、浴槽の半分近くに水が満ちてしまっている。

もう俺《おれ》たちは必死に顔を上げ、なんとか息をしている状態だ。

「……っぷ……祈《いのり》、矢子《やこ》さんッ……頑張れッ。もうすぐ、きっと、貘《ばく》が……ぷはっ……様子を見に……」

確証もない話で励《はげ》ます俺に、祈と矢子さんは顔を見合わせてから――

2人揃《そろ》って、優《やさ》しく微笑《ほほえ》んできた。

もうほとんど、水に浸《つ》かってしまった顔で。

そして、

「妹は兄のために」

「姉は弟のために」

2人でそう言ったのを最後に、ざぶんっ……自分たちの頭を水面より下げた。

そして俺のロープで動かない手足の代わりに、頭で俺の頭を押し上げてきた。

お陰で俺の顔は、浴槽《よくそう》のフチより上に出る。

ここに水が満ちても、呼吸を続けられるような高さに。

だがその代わり、2人の頭は水面下に沈んだままになってしまった。

「お、おいッ……祈！　矢子さん！」

異能封じのロープがある限り、2人が水中で呼吸できる可能性は無い。

まさか。

祈と、矢子さんは――
自分たちを犠牲《ぎせい》にするつもりか。俺なんかを助けるために。
いや……
ダメだ！
そんなの、許さないぞ。
妹は兄のために、姉は弟のために。
2人は、そう言ってた。
それなら――
「……兄は妹のために、弟は姉のために……！」
だろ……!?
だが俺は――
祈と矢子さんみたいに、自分が犠牲になって姉妹《きょうだい》を救おうってんじゃない。
（3人とも助かるように……するんだ……！）
かつての妖刕《ようとう》情報によれば――
俺の左腕に絡《から》みついている祈は、40kg。
右腕に絡みついている矢子さんは、58kg。
どちらも腕一本で持ち上げるには厳しい体重だが、今は2人とも水没している。

水中では、物はその体積に応じた水の重さの分だけ軽くなる。だから……

「……う……うおおおおッ……！」

俺《おれ》はロープに逆らって2人の体を前に回し、アントニオ猪木《いのき》を持ち上げたカール・ゴッチのように——

……ぐッ……ぐぐぐッ……ぐいッ……！

左腕で祈《いのり》を、右腕で矢子《やこ》さんを、それぞれ腕一本で上へ上へと持ち上げていく。

もう、水は浴槽《よくそう》になみなみと満ちている。

その水面より上に、顔だけでもいい。2人を、出す、んだ……！

「——あ……あ、が、れエエエェッ！」

人は限界を超えた力を出す際、自然と叫び声を上げるものらしいが——

今の俺が、まさにそうなのかもしれなかった。

貘《ばく》の言う『火事場の馬鹿力《ばかぢから》』——潜在能力開放《オープンアクト》を、俺が妖刕《ようとう》無しでも実現できたかどうかは

ともかく、

「ぷはぁ！」

「はぁっ……！」

祈と矢子さんは2人とも、水面から顔を出せた！

そして俺に密着したまま、浴槽のフチに頭を載せる事にも成功する。

2人が頭で自分たちの体重をいくらか支えてくれたので……俺の腕にかかる負荷も、一気に減る。

いやー……重かった。

水による浮力が一部あったとはいえ、2人合計で100kg弱。

口に出しては言えないけど、ダイエットした方がいいかもだぞ。2人とも。

いやまあ、そのムチムチした体つきが2人の良さでもあるワケだから、無闇《むやみ》に痩《や》せられても男子的にはいかがなものかなんだが。

「はぁ、はぁ、お兄ちゃん……かっこいい」

「せーくん……はぁ、はぁ……すごい……」

祈と矢子さんは、少々失礼な事を考えていた俺を左右から誉《ほ》めてくれる。

「お、おい。あまり動かないでくれよな。2人とも。またバランスを崩して沈んだらコトだ」

俺は苦笑いしつつ、小さなプールみたいになった水風呂を見渡す。

さっきは気休めにそう言ったが、もうじき貘も来てくれるだろうよ。

来たら、異能封じのロープで死にかけた件でクレームだな。

などと考えていたら、風呂場の前、脱衣所の方で物音がした。

貘のお出ましか。

「おーい、貘。クレームは後にしてやるから、まずはこのロープを切ってくれよ」

俺《おれ》はドアの方に顔を向けて、そう言うが……

そこには、人影がある。

あれ？

貘《ばく》は今、アルパカのヌイグルミ。

人間サイズの影がさすってのは、おかしいな。

なんかあの人影、ツインテールだし。

黒髪の。

……って……！


「〜〜〜〜切ってあげますよ。腕ごと」

こ、この怒りに震《ふる》えながらもキレイな、女子アナ声は！

「お互いの身体《からだ》を荒縄で縛《しば》るなどと……そんな嗜虐《しぎゃく》的な大人《おとな》の遊びを姉妹《きょうだい》としていた理由は、切った後で尋問《じんもん》します……のでッ……！」

がらがらがらーッ！

勢いよくスライド扉を開け、風呂場に登場したのは——

環劔《かんけん》を研《と》いでもらいに外出していた、

「ア、アリスベルっ……！」

……だーッ……！

ロープはともかく祈《いのり》&矢子《やこ》さんを両腕に抱《だ》きつかせて、なんか一仕事終えた感じでお風呂に入っている俺《おれ》を見たアリスベルは――

研《と》ぎたての環劔《かんけん》を、スカートから抜剣済み。

土星の輪っかみたいな、あるいはフラフープみたいな例の構えをキメてらっしゃった。

(よ、妖刕《ようとう》ッ……逃走経路を……!)

ついいつもの習慣で妖刕を頼ってしまったが、あれはいま俺の部屋に置いたままだ。

獏《ばく》の言っていた『妖刕を取りに行くまでに、生身《なまみ》で異能に対応しなければならないシチュエーション』が……もう来ちまったよ!

ここからは――

アリスベルVS俺。

異能無し、時間無制限、一本勝負。

「モーレツっ!」

叫んで飛びかかってきたアリスベルは、琉球空手《ウチナーディー》と中国拳法《クンフー》の使い手。しかも環劔あり。

素手どころかパンツ一丁、かつ、祈と矢子さんに抱きつかれて身動きが取れない俺に、勝機は……?

――あるわけねえ! だろ!

ギブギブ! ギブアーップ!

— The Daily Life Continues —

【 Episode X-05 パンスペルミアの追撃者《チェイサー》 】

貘

ゲームの用語は、物事を意外とうまく捉《とら》えている。

ノベルゲームでは『2周目』と呼ばれる、同じ歴史事象の2度目——これは時空幾何学《きかがく》でも『2周目』と呼ばれる。

鵺《ぬえ》との戦いの果てに辿《たど》りついたこの2010年は、私たちにとって2周目の2010年。

1周目と同じように、この11月28日の東京は雪景色となった。

代官山《だいかんやま》アドレス・ザ・タワーの窓から、舞い落ちる雪に私は微笑する。

「何をニヤニヤしてるじょ。キモいじょ、貘《ばく》」

アンゴラウサギのヌイグルミとなった鵺が、フリッツ・ハンセンのテーブル上で片耳を上げる。

「2013年1月——未来を思い出していたのだ。雪を見ると、思い出す事があってな」

未来を思い出す、などというのも矛盾《むじゅん》した話だが……

過去に跳《と》んだからには、それも正しい表現だ。

「貘。きっと私も同じ事を考えています。この時代にも『彼ら』は生きているのでしょうね」

マグカップに注《つ》いだココアを手に、アリスベルも外を見ている。

アリスベルの言う、『彼ら』。

――公安0課の、男たち。

「鵺よ。お前にも話しておこう、彼らのことを。私のカンでは、いずれお前にも関係ある話になるような気もするしな。内輪でもあまり大っぴらに話したい事ではないのだが、静刃《せいじ》はいま郵便局に行っていて不在だし、ちょうどいいだろう」

「『彼ら』……？　オトコの話かや？　ノロケなら耳の毒。聞きたくないじょ」

「逆だ。これは、お前の好きな恨《うら》み辛《つら》みの物語――」

私の前フリに、鵺は前のめりになる。

そう。私とアリスベルは、彼らに私怨《しえん》が出来たのだ。

2013年1月、あの雪の神戸《こうべ》で。

私たちの鳳凰戦役《フエニケ・ロワイヨ》は、沖縄《おきなわ》をスタート地点とし、九州、四国、山陰、山陽と日本を縦断していく形で進んだ。

その血で血を洗う争いの最中《さなか》、神戸にて――

欠片絡《カラットがら》みではない、異能に匹敵《ひってき》する人間たちとの遭遇《そうぐう》があったのだ。

その遭遇を私とアリスベルは、『神戸事件』と呼んでいる。

（私は今でも彼らを恨《うら》んでいる。怖《おそ》れてもいる。しかし……）

鳳凰《ほうおう》の欠片《カラット》を求めるアリスベルは、それまでも危険な戦いをこなしてきていた。

だがそれはいつも私に守られ、助けられての戦いだった。

そのためか、どこか私を頼るような弱さも、アリスベルの中にはあったのだ。

しかしあの神戸《こうべ》事件をきっかけに、アリスベルは私の下で闘うのではなく、私と並んで闘う魔女《マッキ》として一皮剝《む》けた感がある。

だから、私は心のどこかで感謝してもいるのだ。『彼ら』に。

アリスベル

あの事件は、私が静刃《せいじ》君に出会う約3ヶ月前のこと。

兵庫《ひょうご》県神戸市、中央《ちゅうおう》区――旧居留地――

明治時代、欧米《おうべい》人から『東洋で最も美しい居留地』と評された洋風建築の区画がほぼ当時のまま残っているあの街での出来事です。

ルミナリエ――電飾で作られた光の回廊は震災復興支援のために期間を延長され、年明けの1月にも美しく輝いていました。

私と貘《ばく》は旧居留地25番館のオリエンタル・ホテルを拠点とし、既《すで》にこの地での戦いを終えて欠片を手に入れた後。別の欠片を持つという超偵《ちょうてい》（超能力者《ESP》の武装探偵）を狙《ねら》って、大阪《おおさか》への進撃に向けた計画を練っていた頃《ころ》です。

その日は雪と共に、冷たい大気を覆《おお》うように舞うものがありました。

星幽気《アストラル》、空霊《ウイタム》、魔丹塵《マナダスト》などと呼ばれる――目には見えない魔の霧雨《きりさめ》のひとつ。璃璃粒子《りりりゅうし》です。

璃璃粒子はバイカル湖の南方高原を発生源として、アジアのほぼ全域に飛び散る魔的な粒子。

魔術やESPといった異能の力をジャミングする、異能阻《そ》害《がい》の成分を持つものなのです。

その大気中の濃度には、雨や霧のようにハッキリと濃淡がある。

そして、璃璃粒子が濃い日には――

雨天の日に松明《たいまつ》を灯《とも》せないのと同じで、私たち異能はあらゆる魔的な能力が正常に使えなくなるのです。強力な式《しき》であれば発動するものもありますが、その威力《いりょく》も大幅に減衰《げんすい》してしまう。

2013年1月16日。

その日の璃璃粒子は、嵐《あらし》のように濃かった。

こんな日に飛翔《ひしょう》の式を使えば墜落《ついらく》し、飛び降り自殺として警察に処理されてしまう。絶界《ぜっかい》を張って還《かえ》ってこられなくなり、行方《ゆくえ》不明者とされた異能も少なくない。

だからどんな異能も、璃璃嵐の日はおとなしく休憩する……というのが紳士協定です。

ですが、その協定とは無関係に蠢《うごめ》く者たちがいる。

――世間に希《まれ》に存在する、『異能ではない、しかしおそろしく高い戦闘能力を持つ者たち』。

そう表現するしかない、彼らに……璃璃粒子の濃い日には、私たち異能は気をつけなければなりません。

彼ら非異能の者たちは通常、私たち異能の者と戦っても容易には勝てない事を知っています。だから大抵《たいてい》、こっちの強い、璃璃粒子《りりりゅうし》の薄い日には仕掛けてこない。逆に、璃璃粒子の濃い日を狙《ねら》って襲《おそ》ってくるのです。

また、彼らは——私たちの索敵能力が異能相手に特化しており、『非異能の、強い人間』を捉《とら》えづらい事も知っています。

だから、普段は自分たちが見つからないギリギリ外側にいる。そして、璃璃粒子の雨が重くなってくると共にジリジリと距離を詰めてくるのです。

そして粒子嵐《あらし》のタイミングで、突如襲撃《とつじょしゅうげき》してくる。

それが私と貘《ばく》の身に降りかかったのが、神戸《こうべ》事件なのです。

貘

その夜、人通りの多い旧居留地の一角で——

休息中の私はエルメスで香水を、アリスベルはアメリカン・ラグシーで帽子を見繕《みつくろ》った。

その後、私たちは花で飾られたホテル1階のオープンカフェで会話を楽しんでいた。

カフェは通りに面したオープン席だったが、ヒーターで温められていた。薄切りのレモンを浮かべた紅茶も熱いものだったよ。

膝《ひざ》の辺りで組んだ私の脚《あし》も、揃《そろ》えた膝をナナメにしてお嬢様座りしていたアリスベルの脚も、ストッキングで僅《わず》かとはいえ防寒していたしな。

私が、羽織っていた毛皮のショールをチェアの背に掛けてしまおうかとした時……

わずかとはいえ肌《はだ》を出すその行為を、やめざるを得なくなった。

すっ、と――

横並びに座っていた私たちの正面に、2人の若い男たちが相席してきたのだ。

断りは無かったが、2人の滑《なめ》らかな動きは不愉快なものではなかった。

どちらも20代。悪くない印象の男たちだ。

女2人のこちらを見て、男2人がちょっかいをかけに来た……といったところかな。

「雨宿り……いや、雪宿り、と言うべきかな。ご一緒させてもらう光栄に与《あずか》れますかね」

よく通る低い声で話しかけてきたのは、20代半ばと思われる大柄な男だった。

ハッキリとした二重瞼《ふたえまぶた》の、少しタレ気味の目。彫りが深く、甘いマスクをしている。

パチンと長い指を鳴らして彼が呼びつけたウェイトレスに、サイフォンコーヒーを注文するのは……彼ではない。

20歳ちょうどといったところの、もう1人の男だ。動きから見て、彼の部下らしい。

切れ長の目をしたこっちは、いまいちパッとしない外見だが……二枚目といえば二枚目だ。

惜しむらくは目つきが暗いところと、女性に対してどこか距離を置くような態度が見え隠れしているところだな。

彫りの深くて甘い顔と、シャープで鋭い顔。大らかな雰囲気《ふんいき》と、鋭敏《えいびん》そうな雰囲気。陽と陰。

ムードの対照的な2人組だ。

「今は男という気分ではない」

黙っているアリスベルに代わり、私は男たちを冷たくあしらうが——

「俺《おれ》は九州生まれで、雪はニガテなんだけどね。今は、止《や》んでほしくないと心から思ってるよ。美しい2人と一緒に雪を避けている今はね」

上司の方は笑顔で、ロングコートに包んだ腕を机に載せ、ゴツゴツした手指を組んだ。その手首に、オメガのスピードマスターが鈍く光る。

彼ら2人を、カフェの前を行き交う人混《ひとご》みの中から女たちがチラチラ見ているのが分かる。

その気持ちは、分からないではない。

俳優《はいゆう》のような美形、というワケではないが……

2人には男として、味というか、魅力《みりょく》があるのだ。

2人とも私たち以外に興味はなさそうだし、女性からの視線には無頓着《むとんちゃく》なようだがな。

そして——

「お褒《ほ》めに与《あずか》った返礼に、幾つか教えてやろう」

私は、もう気づいている。

２人は、只者ではない。

「軽い男を演じているようだが、隠しきれていないぞ。目を見れば分かる」

上司の方――

この男は、おそらく屈強。そして、知的だ。

高い知能を持ったライオン、といった風情《ふぜい》がある。

部下の方も、店に入るとすぐに遮蔽物《しゃへいぶつ》や裏口の有無を目視で確認していた。プロの所作だ。

この２人――何らかのエージェントだな。

一般人のように見える顔つきは、それを演じているのだろう。普通の男に見えるよう、体も不必要に筋肉を膨《ふく》れあがらせるような鍛《きた》え方はしていない。

だが、目つきが違う。それは隠せないのだ。

それと……

「身に染《し》みついた火薬のニオイもだ。撃ちすぎたな、お前たち。それは生涯《しょうがい》、取れないぞ」

見下すように私が告げ、アリスベルが警戒心を一気に強める中――

「……東京までご同行願おうか。警視庁公安部、公安第０《ゼロ》課の獅堂《しどう》だ」

獅堂と名乗った大男は、ゆらり。

今まで隠していた、その強大な存在感を開放した。

それだけで……彼の姿が一回りも二回りも拡大したかのように感じられる。

強い。それが分かる。

「普段、お前らみたいなオカルトは任務外なんだがな。今は人手不足でよ」

私を見る目つきを鋭くし、喋《しゃべ》り方の野太さも増した獅《し》堂《どう》。

その隣《となり》で、黒いショートコートを着たもう1人はアリスベルをマークするように見ている。

そして第一声で、

「『魔剱《まけん》』だけか。『妖刕《ようとう》』はどこだ」

不可解な事を、告げてきた。

魔剱――とはアリスベルの事だろう。だが、妖刕とは？　妖刕使いの事だろうか。私、獏《ばく》は妖刕《それ》を作り出す事もできるが、あんな高コストなものをこの飢《う》えた体で産むつもりはない。

「今は『魔剱』はいい。獏だ」

部下に釘《くぎ》を刺すように、獅堂が低く自分たちのターゲットを告げる。

ご指名は、私か。

「――魔剱。お前は歳《とし》を取らないのか？　まあ超能力者《ステルス》だ……さもありなん、か。おい魔剱、お聞きの通り、俺《おれ》たちはお前と戦うつもりはない。悪い事は言わないから、おとなしくしてろ。そして、その獏をこっちへよこせ。念のため言っておくが、俺たちは『対象の生死を問わず』という命令で動いてる」

部下は少し若々しい口調で、自分たちを睨《にら》むアリスベルに告げている。

「私たちが超偵《ちょうてい》を狙《ねら》っている廉《かど》で、逮捕しに来たのですか」

それまで沈黙を保っていたアリスベルも、もう隠し立てをやめた。

その問いに、私に視線を向けたままの獅堂が応《こた》える。

「お前らみたいな超能力者どもが勝手に戦おうが殺し合おうが、俺たちの知った事じゃない。その辺は7課の担当さ。縦割り行政ってヤツだ。ただし――『パンスペルミアの砦《とりで》』は国家の重要施策の1つって事で、0課に御鉢《おはち》が回って来てる」

……パンスペルミアの、砦？

何の話だ。初耳だな。

「まあ、貘がこんな美人とは思わなかったけどな」

「ハンドバッグの中のグロックを提出しろ」

獅堂とその部下が、続けざまに私に語りかけてくる。

開けたわけでもないバッグの中身を言い当ててきたな、部下氏は。下調べ済み、という事か。

この公安の2人は……

ただの人間のハズだが、ただの人間とは思えない存在感がある。

そして、異能ではない強い人間は、その接近に異能側が気づき辛《づら》いという難しさがある。

今回こうしてコンタクトされてしまったのも、そのためだ。

ただの人間を侮《あなど》って討ち取られた異能は、数知れない。特にこの2人は危険そうだ。いや、

2人とも限らないぞ。璃璃嵐《りりあらし》のせいで判然としないが、別働隊の気配も無きにしもあらずだ。

『どう…ますか…貘《ばく》。聞…えま…どうし…』

こんなに近距離にも拘《かか》わらず雑音だらけの念話《テレコ》で、アリスベルが私に指示を仰《あお》いでくる。

私は出力を高めた念話で、『この2人は異能で、異能を抜きにしても危険だ』と少し偽《いつわ》りを交えて返しておく。

アリスベルはまだ若く、いうなれば幼く、その心には異能がゆえの驕《おご》り高ぶりがある。

それは分かっていても陥《おちい》ってしまう、異能の落とし穴。

異能は異能に頼るが故《ゆえ》に慢心が生じ、異能抜きの戦闘能力に隙《すき》があったりする。

つまりある意味、異能は非異能の強い人間より鈍かったり弱かったりする事がよくあるのだ。

異能抜きでも、アリスベルには多少の覚えはあるのだが――

武装したプロを相手にできるレベルではない。

今夜は璃璃嵐。私たちには異能の鎧《よろい》が無い。銃弾を受ければ死ぬのは元より、いま男の力で腕を摑《つか》まれてしまえば、それだけでもう逃げられないかもしれないのだ。

――危ないぞ。

私たちは今、危機に陥った。

だが幸い、この2人の狙《ねら》いは私1人。

パンスペルミアの砦《とりで》とやらが何なのかは分からないが、そこは武運があったな。

私は最悪の最悪、この2人に殺されたとしても──1回までなら甦《よみがえ》られる可能性があるのだ。

うまくいくかは分からないが、アクアステル化して魂《たましい》を逃がすという奥の手が。

しかしアリスベルにその式《しき》は備わっていない。死んだら、おしまいだ。

従ってここは私が囮《おとり》となり、アリスベルを逃がすべきだろう。

その算段を元に──

『逃げろ、アリスベル。ルミナリエのガレリアを走り抜け、人の多い東遊園地《ひがしゆうえんち》へ紛《まぎ》れ込む……と見せかけて、右に折れて港の方へ行け。京橋《きょうばし》の袂《たもと》に私の小型クルーザーがあるから、それで大阪港《おおさか》へ向かえ。大阪で落ち合おう』

──アリスベルに念話で繰り返し3度そう伝えた所で、

「おっと。逃げるなよ？」

鋭い洞察力で、獅堂《しどう》がそう告げてきた。まるで私の念話を異能力で読んだかのように。

私はそれには応《こた》えず……

膝《ひざ》に置いていたハンドバッグへ、手を伸ばす。

それを見た獅堂が右腿《みぎもも》を僅《わず》かに上げ、その部下も左腋《ひだりわき》を少し開けた。

それぞれヒップホルスター、ショルダーホルスターの銃をドローするための最初の動作《ファーストアクション》だ。

「血気に逸《はや》るな、人間。私はただ、紅茶の支払いを済ませたいだけだ」

と、私は長財布を取り出して2人をとりなしつつ……

風を読みながら、中に詰めておいた1万円札の束を摑《つか》む。80万円ほど。そして、バッ――!

唐突《とうとつ》に、雪の舞う空に紙幣《しへい》を撒《ま》いた。

「――?」

獅堂《しどう》とその部下が、紙吹雪《かみふぶき》のように周囲を舞う札を呆然《ぼうぜん》と見回す中……

「きゃー!　金やぁー!」「諭吉《ゆきち》さん飛んでるで!」「金や金やー!　うわぁー!」

道行く人々が、このテーブルに殺到してくる。

見る間に満員電車のようになった周囲の頭上に、バッ!

「ははは。絶景哉《かな》」

私は紙幣をもうひと撒きしてやる。

人混《ひとご》みを見ていた辺りの歩行者も、事態に気づいて駆け寄ってきた。車道の車まで停車して、中から人が金を取りに出てくる。もう私たちも獅堂たちも皆もみくちゃになって、獅堂の部下などは金を拾おうとした女性にイスを倒されてしまっているほどだ。

予期せぬ貘《ばく》のお年玉に、旧居留地25番館の近辺はお祭り騒ぎ。

ここはその中心、このテーブルはまるで神輿《みこし》のようだ。

「ばッ……貘!　てめェ……!」

獅堂の声も、もはや人垣《ひとがき》の向こうから聞こえる状態だ。もうアリスベルはいない。人混みに紛《まぎ》れて逃げたのだ。となれば、私も早々に立ち去らせてもらうとしよう。

旧居留地38番館の回廊《コリドール》を駆け抜け、ガス燈《とう》の並木を走り——

アリスベルとは反対方向の中華街へ、逃げ込む。

ここは路地が細く、光景も煩雑《はんざつ》で、人の多い観光地でもある。身を隠すには良い場所だろう。

(念には念を、だ)

と、中国風の装飾が為《な》された壁《かべ》を蹴《け》って軒《のき》に手を掛け、懸垂《けんすい》の要領で屋根へと上がると……

「……っ……！」

さっきの2人が、そこに先回りしていた。

なんという鋭さだ。鬼ゴッコに慣れているな。いや、慣れているというレベルではない。

私はここまで、ほぼ最短距離を全力で走ってきた。

道路は渋滞《じゅうたい》しており、車は使えない。従って2人は私より速く、その足で走ったのだろう。

なのに2人とも、息一つ切らしていない。

「あんまり走らせないでくれよ。言うほど若くねえんだからさ」

獅堂は革靴《かわぐつ》の踵《かかと》で吸い殻《がら》をもみ消し、カキンッ、とダンヒルのライターを鳴らして2本目のラッキーストライクに火を付けた。

待ちくたびれた、と言わんばかりの仕草だ。

「——こっちは追跡のプロだぞ。女の浅知恵で逃げられると思ったか？」

軽い小雪が舞う中、黒いコートの若手が鋭い視線を向けてくる。

私がプライドの高いタイプに見えたのか、わざと侮辱《ぶじょく》してきたな。

では、乗ったと見せておこう。怒るフリは不得手だがな。

「女性差別の代償《だいしょう》は高く付くぞ。公安0課の亡霊《ぼうれい》ども」

公安0《ゼロ》課——

その名は、知っている。

それはこの安寧《あんねい》の国に似つかわしくない『殺しのライセンス』を持つ、内閣《ないかく》総理大臣直下のエージェント達。国の命令で国難に対応し、殺人を含むあらゆる違法行為を許可された超法規戦闘部隊だ。

だがその管理・運営・バックアップには多額の予算が要されるという。

そもそも公安警察とは大日本帝國《だいにっぽんていこく》時代の特別高等警察の後継組織。0課とは日英《にちえい》同盟の折、大英《だいえい》帝国の00《ダブルオー》シリーズを手本に創設された組織が前身だ。戦後はアメリカ合衆国中央情報局《CIA》との繋《つな》がりも強くなり、中国政府に嫌われている。

そういった諸々《もろもろ》の理由で——

民主党政権によって廃止《はいし》されたハズの組織なのだ。0課とは。

私が彼らを『亡霊』と呼んだのは、それがゆえ。

「先の『事業仕分け』とやらで、お前たち0課は抹殺《まっさつ》・国外追放の憂《う》き目に遭《あ》った……と、噂《うわさ》に聞いたが？　妖《あやかし》の私とて、死霊《しりょう》と逢瀬《おうせ》はしたくないぞ」

　2人のバックに国家の力があるのかどうか、すなわちここに別働隊がいる可能性を探ろうと水を向けると――

「新聞ぐらい読んどけよ、貘《ばく》ちゃん。政権が戻って、0課も先月復活したところさ」

　獅堂《しどう》はそう返し、吐いた煙草《たばこ》の煙で輪を作ってみせた。

　器用なもので、その輪は楕円《だえん》――アラビア数字の『0』を描《えが》く。

「その0課が、なぜ私を狙《ねら》う。パンスペルミアの砦《とりで》とは何だ」

「知らねえよ」

　……知らない……？

「俺《おれ》らが知ってるのは、これが上の命令だって事だけさ。この3年で俺も体が鈍《なま》ってるからな。後輩《こうはい》教育を兼ねて、ケモノ狩《が》りでウォーミングアップでもしろってことじゃねえの？」

　フーッ、と最後の煙を吹いた獅堂は、吸い殻《がら》を雨樋《あまどい》に弾《はじ》いて捨て――

　私の視線が一瞬《いっしゅん》そっちに流れたコンマ数秒の間に、いつの間にか銃を出していた。

　アルカディア・マシン&ツール――ハードボーラー・ロングスライド。

　稀代《きだい》の名銃コルト・M1911《ガバメント》のクローンを大型化した、強力な大口径銃だ。

　凶々《まがまが》しい気配で分かる。その単列弾倉《シングルカラム》のマガジンに収められた弾は、通常のものではない。

　良くても純銀弾。悪ければ殲妖弾《ライカンキラー》だ。

その銃に私の目が留まったこれもコンマ数秒で、もう1人の男もショルダーホルスターからマットシルバーの拳銃《けんじゅう》を抜いていた。

ベレッタM92F。

米軍に制式《せいしき》採用された自動拳銃で、日本でも比較的よく見かけるものだ。

一目で分かる。2人とも大雑把《おおざっぱ》な質《たち》のように見えるが、銃に関しては最高のメンテナンスを施《ほどこ》している。

部下がベレッタの照星《しょうせい》で軽く前髪の辺りを掻《か》くような仕草をする中……

ピンッ。

胸ポケットから出した50セント硬貨《ハーフダラー》を、獅堂《しどう》が指で弾《はじ》き上げる。

そして銃を持つ右手の甲に落としたそのコインに、パシッ、と左手を被《かぶ》せた。

「裏」

部下の青年がそう言うと、獅堂は左手を開け……

ヘラヘラ笑って、部下に「無かったことにしなぁい？　今の」と剽軽《ひょうきん》な口調で語っている。

「ハーフダラーは絶対だ。0《ゼロ》課の伝統だろ、先輩《せんぱい》。貘《ばく》は俺《おれ》がやる」

「じゃあ今から1分な。それでもお前が仕留められなきゃ、俺も仕事するぜ」

「しょうがない人だな、アンタ」

――こいつら。

今の、取り決め。

この私と2対1ではなく、1対1で戦おうというのか？

甘く見られたものだ。これには今度こそ、本気で腹が立つな。

「おい、貘。チャンスをやる。いま投降すれば、殺さない。女を殺すのは趣味じゃないんだ。

一言付け加えておくが——チャンスは2度、同じドアをノックしない」

少し長めの前髪を揺らしながら、獅堂の部下が赤い屋根瓦《がわら》を踏んで一歩出てくる。

「思い上がるなよ、人間ども」

雪雲の下、薄暗い周囲が……次第に明るく、昼間のように見えてくる。

これは異能の力によるものではない。

猫が暗闇《くらやみ》で瞳《ひとみ》を広げるのと同じ、妖《あやかし》の身に元から備わる暗視の力だ。

私の目が闇に光り出すのを見て——

普通の人間なら怯《ひる》むところだが、2人は、

「おい聞こえたか？　今の。貘が何て言ったか」

「よく聞こえた。『どうぞ私に手錠《てじょう》を掛けて、東京までしょっぴいて下さい』だとよ」

軽口を叩《たた》いている。

自信過剰《かじょう》の男どもめ。

「——お前たちには教育が必要だな。私が講義してやろう。授業料は、その命2つだ」

私はこの身に備わる、獣《けもの》の力を頼りに戦う腹を括《くく》る。

この2人はプロだ。

2人とも殺す事は難しいだろう。

しかし1人に重傷を負わせれば、それを助けるためにもう1人が足止めを食うハズ。

その隙《すき》を突いて、逃げるのだ。

この2人に勝つ必要はない。2人は鳳《おおとり》の欠片《カラット》を持っているわけではない。必ずしも倒すべき敵ではないのだ。動きを止め、逃げる。それだけでいい相手なのだ。

——どちらか1人に、重い傷を負わせる。

それだけなら、できる目もあるだろう。

激しい動きをするには、この冬着はジャマなので……

私は羽織っていたショールを脱ぎ、ビリッ、と、スカートを裂《さ》く。

露《あら》わになった私の肩と大腿《ふともも》の白さに、獅堂《しどう》は小さく口笛を吹いた。

だが部下の青年は、その顔を少しこわばらせて固まっている。

(こっちの男は……女慣れしてないな)

なら、もう一手打てるぞ。自分の女を使おう。戦いはもう始まっている。勝つ確率を上げる
——そのために相手の集中力を削《そ》げるなら、使えるものは何でも使うのが貘《ばく》の道だ。

「女の肌《はだ》が珍しいのか？　ボウヤは」

私は裂いたスカートに指を掛け、少しずつ太ももを見せつけるように前へ出していく。

光沢《こうたく》のある白いトーション・レースの下着が、夕闇《ゆうやみ》の中で妖《あや》しく覗《のぞ》き始める。

「やめとけ。それはアンフェアな事になるんだ。いや、もうなっちまったかもだ」

彼は何やら、不可解なことを言っているが……

男には本能がある。初対面の女でも、その身体《からだ》が見られるとあれば見ずにはいられない。

彼もまたそれには逆らえず、しっかり見てから――とうとう、目を逸《そ》らした。

「――そらっ」

視線が外れた瞬間《しゅんかん》、私は彼の方にハンドバッグを投げる。

その中にはもう私の拳銃《けんじゅう》はない。グロック36はこの下着の背後、臀部《でんぶ》の上に挿《さ》してある。

まだそこに銃が入っていると思い込んでいれば、バッグを取るハズだ。

そうなれば、2発撃てる――

とばかりに、私はスカートを大きく跳《は》ね上げてグロックを抜いた。しかしさすがに向こうは
そんな子供だましには引っかからず、バッグを腕で払いながら視線をこっちに戻す。

やむを得ない。撃てるのは1発だ。

だが女を使った甲斐《かい》はあった。

この瞬間は、私のものだ。

（――この1発で、仕留めるッ！）

人間より優《すぐ》れた視力と反射神経を頼りに、私は瞬時《しゅんじ》に発砲する。

即死させてはダメだ。それでは獅堂《しどう》を足止めできない。

狙《ねら》いは、腹部のボタン穴。防弾繊維《せんい》の服を着ていようと、そこには無防備なスキ間がある。

マズルフラッシュが閃《ひらめ》き、赤熱化した.45ACP弾が亜音速で宙を翔《か》け――

――パシッ――！

という、音が上がった。

人体への着弾音とは、明らかに違う音が。

「……ッ……！」

ばんっ、と屋根を蹴《け》り、私は背後に跳《と》ぶ。逃げるために。

今、見えた。

あろうことか、男は私の撃った弾を掴み取ったのだ。素手で。

弾丸がその身に至る、ほんの一瞬――弾のスピンに合わせて腕を捻《ひね》り、全身の筋肉・関節を同時に動かし、亜音速で手を引くという超人的な方法で……！

そんな事が可能なのか。

（いや――不可能だ！）

屋根から飛び降りつつ敵の射撃線を避《よ》けた私の脳裏を、かつて聞いた都市伝説がよぎる。

――この国には、『不可能を可能にする男』がいる。

その男は素手で銃弾をいなし、止め、あるいは等速で投げ返してくる事さえあるという。

それも一切、何ら、異能を用いずに。

ミサイルやレーザーといった兵器、ＥＳＰや魔術すらもその男には通用しないとか。

その時は一笑に付した、超人——『哿《エネイブル》』。

その名は、確か……

「——よーし、遠山。１分経《た》った。俺《おれ》も働くぜ」

路地に立った私の耳に、獅堂《しどう》の声が聞こえてきた。

（やはり……！）

あれが、遠山《とおやま》キンジか！

世界中の戦場を渡り歩いた鬼のような大男、などと語られていたが……うわさ話などアテにならないものだな。『哿《エネイブル》』の正体が、あんな少年のような見た目の優男《やさおとこ》とは——！

アリスベル

ルミナリエの雑踏を抜け、真珠《しんじゅ》会館の角を京橋《きょうばし》方向へ曲がったところで——

「——！」

甲高《かんだか》い金属音が足下《あしもと》から上がりました。

つま先に衝撃《しょうげき》があり、私はつんのめって街路樹に寄りかかってしまう。

振り返れば、私が踏んだ側溝《そっこう》、その鋼鉄の格子《グレーチング》の一部が歪《ゆが》んでいます。

（……狙撃《そげき》……!?）

次の瞬間《しゅんかん》、タァン……という遠いSVD《ドラグノフ》の発砲音が上方から聞こえてきました。

ですが喧噪《けんそう》の中、それが銃声だと気づいた通行人はいないようです。

（どうやら私たちを狙《ねら》っているのは、あの2人だけではないようですね）

ここはルミナリエの通りよりも人の密度が薄く、だから狙撃手も私を狙えたのでしょう。

弾は私に命中しませんでしたが、おそらくそれは、わざと。

今の1射は、きっと警告です。

というのも射手は発砲を誰《だれ》にも気づかれないよう、弾丸が下水溝に落ちるような角度で――

おそらく、どこかのビルの上から撃ってきた。

私が側溝の上の格子《こうし》を踏む瞬間、そのつま先の僅《わず》か先に着弾させるなんて……並の狙撃手に出来ることではありません。

きっと今、私を射殺しようと思えばそれも簡単にできる。

それでも、まだ2射目が無いところを見ると――

これは狙撃手《スナイパー》による『通行止め《クローズ》』と呼ばれる行為。

それ以上逃げるな、さもなくば撃つ、という意味の牽制《けんせい》です。

「……」

しばらく身動きが取れずにいた時、チャンスが訪れました。

私の周囲を——修学旅行でしょうか。ひとかたまりになった20人ほどの女学生が、楽しげにお喋《しゃべ》りしながら真珠《しんじゅ》会館の方へ歩いていきます。

私は彼女たちに紛《まぎ》れて歩くようにして、とりあえず後退する事にしました。

私がルミナリエの雑踏にいた時は撃ってこなかった事、また、今さっきも人に気づかれないよう狙撃《そげき》してきたところを見るに……狙撃手は、無関係な被害者を出さないようにしている。

なのでまずは彼女たちを人間の盾《たて》として、ルミナリエの雑踏に戻り——

とりあえず、安全地帯に逃れる事ができました。

そして光の回廊《ガレリア》の下、私は新たな逃走経路を目で探します。

ですが……

そこで、私の足は止まってしまう。

（……貘《ばく》……）

見上げた電飾は、まるで鳳《おおとり》の欠片《カラット》のように煌《きら》めいています。

この数年間、私は鳳の欠片を求めて戦ってきました。

でも、その傍《かたわ》らには常に……貘がいた。

今までの私は、いつも貘に頼ってきたのです。

それは今もそう。

貘はあの公安の2人を一手に引き受け、私を逃がしてくれたのですから。

貘はとても強い。そして賢《かしこ》い。私なんかより、ずっと。

だから私は——これからも貘に頼ることでしょう。

貘の前では強がってみせる事もありますが、私は、本当は、弱いから。

(でも……)

でも、ずっとそれでいいのでしょうか。

貘は私を助け、私は貘に頼る。

いつまでも、ずっとそのままでいいのでしょうか。

私は今、この璃璃嵐《りりあらし》の中——

あの得体《えたい》のしれない0課の2人組を貘に押しつけて、自分だけ逃げていいのでしょうか。

粉雪の舞う夜空を見上げ、私は星幽気《アストラル》、空霊《ウイタム》、魔丹塵《マナダスト》の動きを感受します。

——ああ。人の目には見えない璃璃粒子の嵐は、続いている。

むしろ激しさを増している。

私を、試すかのように。

貘

渋滞《じゅうたい》している栄町《さかえまち》通りに飛び込み、車高の低いシボレー・コルベットを踏み越えて中華街を後にすると——獅堂《しどう》と遠山《とおやま》も同じ車を踏み越えて、追ってきた。

「——くるァ！　何じゃ女ァ！」

しかし運転手に怒鳴られたのは、私だけだ。

獅堂と遠山は素早い上に、ほとんど足音を立てないのだ。

2人はコートを翻《ひるがえ》して、飛ぶように、流れるように追ってくる。まるで、2人の死神に取り憑《つ》かれたかのような錯覚《さっかく》がする。

車道を横切る私の真横から、オートバイ《ホーネット》——

「——かんにんえ」

かつて京都にいた事もある私は西の言葉で謝って、その場でスピンするように動く。

そして乗っていたツナギの女を右腕で抱《だ》き留め、左手でハンドルを摑《つか》んで——自分を中心に、円舞のように振り回した。カツンッ、と片足でギアをニュートラルに入れながら。

そしてそのまま——ブンッ！

無人のバイクを獅堂めがけて、放り投げるように走らせる。元々走っていた速度をほとんど落とさずに。

単車のハンドルブレーキを獅堂が摑み止め、グンッ、と前転するように後輪が跳《は》ね上がる。

拳銃《けんじゅう》のグリップでシートを押し返すようにしてバイクを止めた獅堂を狙《ねら》い、既《すで》に抜いていた私のグロックが火を噴く。

次の瞬間《しゅんかん》、亜音速の鉛弾《なまりだま》が空中で火花を散らした。

私とほぼ同時にベレッタを発砲した遠山の弾が、私の弾を弾《はじ》いて逸《そ》らしたのだ。空中で。

「あー……今はちょっと……はい。レポートは週明けまでには必ず……」

獅堂を守った遠山は、銃を持つのと反対の手で電話に喋《しゃべ》っている。

今の超人技は遠山にとって、電話の片手間に出来るような事なのだ。

銃声に気づいた歩行者たちが、「拳銃《ピストル》や！」「撃ち合《お》うとるで！」などと騒ぎ出している。

さらに逃げる私を、電話をしながらの遠山が追ってくる中——

「おい貘《ばく》、あんまり撃つな！　目立ちたくないんだからよォ」

バイクを道に立たせた獅堂の声に、

「同感だ。私も衆目は好かん」

そう返した私は、自らの胸の谷間に指を忍び込ませる。

そこから、沖縄《おきなわ》の米軍基地で買った小型の閃光手榴弾《フラッシュグレネード》を取り出す。

ノキアの携帯電話に偽装《ぎそう》したそれを肩越しに放り、自分自身は手で目隠しをして——

——パアッ——

それでもハッキリと分かるほどに眩《まばゆ》い閃光《せんこう》が私の背後、遠山と獅堂の視界内で炸裂《さくれつ》する。

同時に響《ひび》き渡る大音響《だいおんきょう》は、周囲の窓ガラスにヒビを入れるほどに甚大《じんだい》なもの。

2人が、そして周囲の通行者や車が一斉《いっせい》に動きを止めたのが分かる。

こんな小手先の技が通用する相手とは思えぬが――

（逃げなければならぬ距離も、あと僅《わず》かだ）

とばかりに、閃光《せんこう》で急停車したGSX1300R《ハヤブサ》から青年をネコ掴《づか》みして降ろす。

そしてシートに跳《と》び乗り、傾けたバイクから伸ばした足を軸にしてその場で90度左回転する。

波止場《はとば》の方へ。

私のゴールは船ではない。海だ。

この夜陰の中、海中へ逃げればもう探せるまい。これは人には知られていない事だが、貘《ばく》は人間より遥《はる》かに長い時間――30分は潜水していられるのだ。

（私の勝ちだ、0《ゼロ》課の男たちよ）

ほくそ笑みながら栄町《さかえまち》を縦断し、ハヤブサを駆って海岸通りへと飛び出る。さすがは日本が世界に誇るスズキ・ハヤブサ。３秒と経《た》たずに、時速が100㎞を超えた。

海はすぐそこだ。潮の香りもする。

阪神《はんしん》高速神戸《こうべ》線を潜《くぐ》って海に飛び出そうと、さらに思いっきりアクセルを引いた時――

バリバリバリバリバリッ！　稲妻のような発砲音が空で響《ひび》き渡り――ビシビシビシッ！

大口径銃のものとおぼしき着弾が、ハヤブサの前輪をめちゃくちゃに引き裂《さ》いた。

「あっ……！」

私は――

転倒するハヤブサから、振り落とされる。時速170kmで。

ばつんっ、とアスファルトに叩《たた》き付けられ、バウンドして転がる。私の身体《からだ》が。

その衝撃《しょうげき》で、拳銃《けんじゅう》も離してしまった。

グロックは、もう私の手の届かない所まで吹っ飛んでしまっている。

「……ッ……！　あ……ぐ……」

立てない。

さすがに……

今のは、痛かったな。

璃璃《りり》嵐《あらし》さえなければ、落ちる前に重力と反対方向へ自らの体を引っぱる事もできただろう。

風圧のクッションを路面に敷く事もできただろう。防護式《スケイル》で体の表面を護《まも》る事もできただろう。

私は反射的に全《すべ》ての対応を取ったが、全て、何一つ発動しなかったのだ。今は。

俯《うつぶ》せに倒れた私の頭のそばに——

——ふわり。

特殊空挺部隊《SAS》のコンバットブーツを履《は》いた、しかし小さな足が降り立った。

降臨《こうりん》する天使のように、やわらかく。

「……う……」

呻《うめ》く私の鼻孔《びこう》を、愛らしい香りがくすぐってくる。

これは、シャネルのガーデニア……

それを少し外した、若々しい、どこか幼さを感じさせる香り。

なんとか開けた私の目に、降下した人物から切り離《パージ》され、道へ落ちていくパラグライダーが見える。

おそらく神戸商船三井《こうべしょうせんみつい》ビルの屋上、そのペディメントから空挺強襲《パラボーン》してきたのだ。この……少女は。

「──こっちに来るって、カンで分かってたわ。なんとなくだけど、広い所からは狭い方へ、狭い所からは広い方へ逃げるのよね。犯罪者って」

足下《あしもと》の私に白銀と漆黒《しっこく》の二丁拳銃《けんじゅう》を向ける、彼女を──

私は、写真で見た事がある。

この小さな体軀《たいく》。

長く優雅《ゆうが》な、ピンクブロンドのロングツインテール。

意志の強そうなツリ気味の目は、ため息が出そうなまでに美しい赤紫色《カメリア》。

(双剣双銃《カドラ》の、アリア……なぜだ……！)

私の背筋《せすじ》に、寒気が走る。

本物を見るのは、これが初めてだが──

彼女が大物食いをする異能討伐者《ステルス・バスター》である事は、有名な話だ。

私たち妖《あやかし》の間でも、特別な要注意人物として知られている。

しかし確かな筋に聞いた情報によれば、彼女は反異能主義者《アンチステルシスト》ではない。日本の国内法に悖《もと》る重罪を犯さない限り、無差別に仕掛けては来ないはず――

――それがなぜ、私を襲《おそ》った？

「あら、貘《ばく》。あんた少し痩《や》せた？」

前にも私を見た事があるような口調で言う、アリア――

その隣《となり》にもう1人、ジジッ……と、蛍光灯《けいこうとう》の明滅するような音と共に女が現れた。絶界《ぜつかい》から実世界に姿を現すようにも見えた、その光景は――光屈折迷彩《メタマテリアル・ギリー》によるものだ。江戸時代に私が作った事のある魔具・『隠蓑《かくれみの》』と同様の、カメレオンのように姿を消す科学の被服《ひふく》。

「……」

五つ菱《びし》――京菱《きょうびし》グループのマークが入った、レインコートのようなそれを脱いだのは――無表情な鳶色《とびいろ》の目をした、ショートカットの女。

アリアの仲間らしい。

何者かは分からないが、その接近には全く気づけなかった。アリアも、彼女が隣にいた事に驚《おどろ》いている。この女は異能ではないにも拘《かか》わらず、その気配を完全に絶てるらしい。

着剣したドラグノフ狙撃銃《そげきじゅう》をコートから出した女は……これも、手ごわい雰囲気《ふんいき》がある。

さらに、私のバイク事故で往来の止まった海岸通りには獅堂《しどう》と遠山《とおやま》も到着した。

相手は――獅堂《しどう》・遠山《とおやま》・アリアとその仲間の女。

非異能の、しかし強靱《きょうじん》な人間たち4人だ。全員、武装している。

対する私は1人。銃も無く、さっきの転倒で傷ついた体を起こす事すらできずにいる。

見たところ、男2人と女2人は連携を取っておらず……お互いに交わし合う視線も、あまり友好的なムードとはいえない。

だが、それを差し引いても私の絶対的不利は変わらない。

東西南北を囲むように、今や2人と2人は私を四方から取り囲んでいるのだ。

逃げ場はない。

追い詰められた。

人は……妖《あやかし》を時に崇《あが》め、時に友のように慕う。しかし、この国では古来より屈強な人間――武士や弓手《ゆんで》、陰陽師《おんみょうじ》や僧侶《そうりょ》が、然《さ》したる故《ゆえ》もなく妖を狩《か》ってきた。

その因習は現代でも変わらない。このように。

(だが……私は……)

こうしてこの身を囮《おとり》に窶《やつ》すことで、アリスベルを逃がす事はできたのだ。

だからもう、目的は果たせた。

それに――

私にはまだ、戦う力が無くはないのだぞ。人間ども。

暴風雨の中でもマグネシウムが火花《メタルマッチ》を放てるように、ある種の異能力は璃璃嵐《りりあらし》の中でも発動させることが絶対不可能ではないのだ。発動の成功率は極めて低く、威力《いりょく》も激減してしまうが。

しかも璃璃粒子の中では、式《しき》の使用には式力《ちから》の費消を通常より遥《はる》かに高めねばならない。

それは数十年に亘《わた》って恋心を口にしていない私にとっては、命と引き替えになる行為だ。

言うなれば、自爆に等しい最期《さいご》の一手。

だが、うまくいけば儲《もう》けものだ。私はもう、死ぬ覚悟はできている。

呼太恒《コタイコウ》——呼気を準純エネルギー化して熱波を放ち、周囲の全《すべ》てを灼《や》き焦《こ》がす式。超小規模版の、気体核攻撃だ。

それを受ければ、自慢の防弾衣も役には立つまい。

4人とも、あの世で悔《く》やむがよい。

これも璃璃嵐の下《もと》では分《ぶ》の悪い賭《か》けとなるが、あわよくば私はアクアステルの欠片《カラット》となって、中華街にあったパンダのヌイグルミにでも魂《たましい》を逃《のが》すとしよう。

私は一つ寝返りをうち、4人の命を奪《うば》う贖罪《しょくざい》の祈りを天に捧《ささ》げる。

「……」

だが……

おかしい。4人が動きを止めた。

私の意図に気づいたのではなく、新たな敵の接近に備えるような止まり方だ。

「――貘《ばく》！」

この、声……！

私は身体《からだ》をよじり、雪降る空の先――

彼ら4人が注視していた、歩道橋の上を見やる。

その縁《へり》に立つ、黒髪の少女は。

「アリスベル……！　なぜ、戻った……！」

アリスベルが。

来てしまっていた。

逃がしたハズのアリスベルが。なぜだ。

毅然《きぜん》とした表情のアリスベルは、既《すで》にその腰をグルリと囲む環剱《かんけん》を抜剣している。

「貘。私はあの沖縄《おきなわ》からずっと、あなたに守られ、助けられてここまで来ました。だから――

ここからはあなたが危機に陥《おちい》ったなら、守り、助けましょう。そこに『なぜ』はありません」

なんという……

愚《おろ》かな。

プライドの高いアリスベルは、自らの身に受けた恩義は必ず返す。意地でも、報《むく》いる。

それは幼い、年若い者の考え方だ。

逃げる局面では、たとえ恩人でも恋人でも置いて逃げるべきなのに。

こんな貘など打ち棄《す》てて、自らの命を守るべきだというのに。

アリスベルは情に突き動かされ、非合理的な動きをした。一手の打ち間違いが命に関《かか》わる、この不利な戦いの局面で。

愚かしい。

愚かしい。

だが。

……嬉《うれ》しい。

アリスベル。

お前のその気持ち、貘は嬉しくて、嬉しくて、久しく流さなかった涙さえ出てきそうだよ。

今──

環剱の上を、通常より遥《はる》かに小さく、濁《にご》り、明滅さえしている光の玉が不安定に滑っている。

「──荷電粒子砲《メビウス》──」

それでも普段の何倍もの出力が要されるのだろう、アリスベルは額に汗を浮かべて──

集中の限りを尽くし、なんとか、それを放とうとしている。

狙《ねら》いは、アリア。

その判断も正しい。女を撃てば、男たちが助ける可能性は高い。

璃璃《りり》嵐《あらし》の中、力なく見えるアリスベルの式《しき》に……

4人の人間たちは、逃げる素振《そぶ》りを見せない。

ふふ、無知蒙昧《むちもうまい》な非異能どもめ。

あれが上手《うま》くいけば、私たちにもこの場から生きて脱出できる目が出てくるぞ。失敗しても、私の呼太恒《コタイコウ》がお前たちを灼《や》く。

低い確率の賭《か》けでも、このように2段構えで打てるとなれば話は別だ。

（さあ、ショウ・ダウンの時間だ）

カジノでカードを開く時のような気分で、私が微笑した時――

この鉄火場に、さらなる新手《あらて》が割り込んできた。

神戸水上署前《こうべすいじょうしょまえ》の交差点を曲がって、通行の止まった海岸通りに黒塗りの覆面《ふくめん》パトカーが滑り込んできたのだ。

それを見た獅堂《しどう》と遠山《とおやま》が、顔を見合わせる。

赤色回転灯を光らせたセドリック・セダンが、私たちのそばまで堂々とやってきて――

中から、紺《こん》のスーツを来た女が出てきた。一目で警察官と分かる身のこなしをする、黒髪を編《あ》まずにお下げにした若い女だ。

ここの4人よりずっと一般人っぽいその女は、アリアたちを見て驚《おどろ》き、倒れる私を見て眉《まゆ》を寄せてから……

「獅堂さん、遠山さん、またハデにやりましたね。でもそこまでです。今から出ますよ」

自分がここの出来事に巻き込まれるのは御免《ごめん》だ、という感じの勝手なムードでそう言った。

秘書のような物言いの彼女に、

「――どこへだよ、乾《いぬい》」

拳銃《けんじゅう》の照星《しょうせい》で頭をゴリゴリ掻《か》きながらの獅堂は、どうやら……

渋々《しぶしぶ》だが、乾と呼んだこの女に従うらしい。

「東京に戻ります。本件より緊急度の高い国難が、アルジェリアで起きています。事によると日本から対策班を派遣するかもしれず、その候補に2人の名前も挙がっているんです」

「アルジェリア？　どこだそれ」

眉を寄せた遠山はベレッタをショートコートの内側、ショルダーホルスターに収めている。

公安0課の2人は、乾の言に従って――私と戦う事を、中断したのだ。

「んもう。もうすぐ報道も解禁されますから、空港までに車載テレビで確認してください」

乾は私が見えていないかのような素振《そぶ》りで、遠山を諫《いさ》めている。

「……」

闘争の気配が失《う》せてしまった中、私が上体をもたげると……

大きな足で、のしのしと獅堂がやってきた。

そして長い脚《あし》を折り曲げてしゃがみ、

「――命拾いしたな、貘《ばく》。だが『パンスペルミアの砦《とりで》』の任務は終わっちゃいねえ。継続中だ。

また嵐《あらし》の日に会おうぜ」

小雪の中、口元の血を拭《ぬぐ》う私は――

アリスベルに、『撃つな』と目配《めくば》せする。

ここまで苛《いじ》められた事は悔《くや》しいが、ここは分《ぶ》が悪すぎる。

このままやり過ごせるならば、それが一番だからな。

「貘《ばく》。これは謙遜《けんそん》じゃないんだが――」

私のそばに片膝《かたひざ》をついた遠山《とおやま》は、あっ、と思わせる事もないほど自然な手つきで私の銀髪を撫《な》でてきた。

「――正直、1人か2人は殺《や》られるかもしれないと思った。『嵐』が止《や》んだらと思うと、膝が震《ふる》えたよ」

暗そうな第一印象とは人が変わったかのように、その口調は甘ったるい。心の妙なところをくすぐってくる。女っ誑《たら》しの喋《しゃべ》り方だ。

そして……

それっきり、0《ゼロ》課の男2人は私から興味を失ったようだった。

今はもう、

「で、獅堂先輩《しどうせんぱい》。次の件サボってもいいか？　大学の課題もあるんだが」

「中退しちまえよ、東大なんか」

などと、自分たちだけで会話している。

セドリックに乗り込む寸前、遠山は——

「あっちには『魔剱《まけん》』もいる。貘と一緒に、君にプレゼントするよ」

銃を持ったまま腕組みして自分たちを睨《にら》んでいた、神崎《かんざき》・H・アリアにウインクしつつ語る。

「——つなぎ止めておけないって、分かってるクセに。あたしは、彼我《ひが》の戦力分析は出来てるつもりよ。カンでだけどね」

フン、と鼻を鳴らして、アリアは口をへの字に曲げた。

「この位階《クラス》の獣人《ライカン》は、対超能力者用手錠《ラテン・マネッテ》だって捻《ねじ》り切る。さっきまでは先に捕まえて、身柄をあんたらとの交渉《こうしょう》材料に使おうとも思ってたけど……そっちが野放しにするっていうんなら、それも出来なさそうだし。どうせ、移送する間に璃璃嵐《りりあらし》が止むって予報でも受けたんでしょ。そうじゃなきゃ首に縄をつけてでも連れて帰るだろうし」

くるくると2丁拳銃《けんじゅう》を指で回したアリアは、左右のレッグホルスターにそれらを落とす。

アリアの話の後半は図星だったのか、乾《いぬい》がアリアをちらりと見た。

「ケッ。言ってろ」

車の後部座席に乗り込んだ獅堂が、アリアに捨て台詞《ぜりふ》を残して——

セドリックは扉を閉ざし、その場からいなくなっていく。

それを確認するまでもなく、アリアとその仲間の女も神戸《こうべ》の街へ消えていく。

そうして——

その場には、アリスベルと私だけが残された。

命が助かった事には、素直に安堵《あんど》する。

安堵はするが、なんという……

なんという、屈辱《くつじょく》だ。

彼らは私と戦っていたのではなかったのだ。『パンスペルミアの砦《とりで》』——私の与《あずか》り知らぬ、何らかの事象のために——私の身柄を取り合っていただけなのだ。

私は長い生涯《しょうがい》の中で、人に仇為《あだな》す妖怪《ようかい》として、あるいは敵方に手を貸す女傑《じょけつ》として、人間に命を狙《ねら》われた事はある。

だがそこには人間側に義が、戦う因縁《いんねん》が、熱があった。

それには私も、納得《なっとく》ずくで応戦できた。

戦いながらも、分かり合えていたのだ。私と、人とは。

だが——

それに比べて彼らの、彼女らの、なんと冷徹なことか。

まるで私をそれこそ狩《か》りの獲物《ゲーム》のように扱い、有利と見るや襲《おそ》い、不利と見るや退《ひ》いた。

それが彼らの、異能と戦い慣れたがゆえの合理的な判断だとしても……

不遜《ふそん》、不敬だぞ。

従一位《じゅいちい》・貘雲居昇時得《ばくくもいのぼりときのえ》への、著《いちじる》しく儀《ぎ》に欠けた振る舞いだった。

先程《さきほど》の遠山《とおやま》の私を気遣《きづか》うような言葉が思い起こされ、むしろ私の自尊心を深く抉《えぐ》ってくる。

よし。よし。

人間ども。今日日《きょうび》はもうその真の恐怖を忘れたであろうこの言葉――

古来、お前たちが最も怖《おそ》れたこの言葉を、その背に掛けてやる。

「――この恨《うら》み、晴らさでおくべきか……」

これは妖《あやかし》の、宣戦布告。

教えてやる。

妖に恨まれるという事が、どれだけ怖ろしい事なのか。

世に生を受けて幾星霜《いくせいそう》、この貘を敵に回して天寿《てんじゅ》を全《まっと》うした人間はおらぬ。誰《だれ》ひとりとて。


――2周目の2010年、今に至るまで、私は彼らに再び見《まみ》えてはいない。

1周目の2013年、その4月にアリスベルが静刃《せいじ》に出会うまで……私は空腹に喘《あえ》いでおり、復讐《ふくしゅう》どころではなかったしな。

その後も私たちは居鳳《いのう》という、異能にとってのある種の特区に住んでいた。あの土地にいる異能の管理・監視任務は、文科《もんか》省や法務《ほうむ》省の影響下《えいきょうか》にある居鳳高と防衛省とが鬩《せめ》ぎ合っており、国家公安委員会は蚊帳《かや》の外に置かれ気味だ。

「『刻《とき》の結晶』でアリスベルを2013年に戻した後は——居鳳《いのう》を領土、居鳳高を居城と考え、0《ゼロ》課や武偵《ぶてい》たちとの距離を再び詰める事にもなろう。『パンスペルミアの砦《とりで》』の一語は矢子《やこ》も口を滑らせていた。あれは2013年にも生きている国家事案なのだ」

そう昔話を締めくくった私の前で——

それまで興味深げに話を聞いていた鵺《ぬえ》が、わざとらしい程《ほど》に大きくため息をついた。

「貘《ばく》お前、何やってんだじょ。公安には非異能の超人だけじゃなくて、化け物みたいな異能もゴロゴロいるじょ。それと喧嘩《けんか》沙汰《ざた》とか、鵺を面倒事に巻き込まないでほしいじょ」

アンゴラウサギの姿でボヤきながらも、その口調はどこか楽しげだ。

鵺は、こういった恨《うら》み辛《つら》みの関係に目がないからな。

それに、鵺には戦い始めると戦いそのものに心を奪《うば》われる悪癖《あくへき》がある。人間で言うところの戦闘狂《ガンモンガー》、狂戦士《バルサーカー》の傾向があるのだ。

根腐《ねぐさ》れした性格はともかく、鵺は戦闘力に於《お》いてだけは信頼がおけるので……

「鵺よ。『パンスペルミアの砦』の内容次第ではお前も彼らのターゲットになり得る。イザとなれば力を貸してもらうぞ」

この話を通じて言いたかった最後の一言を私が告げると、鵺は——

「びょびょびょ」

嗤《わら》った。

「あちしは鵺《ぬえ》。憎悪《ぞうお》を喰《く》らい、夢と希望を世に広める魔法少女を産み出す、妖《あやかし》の官女《かんじょ》だじょ。アクアステルさえ返してくれれば、魔法少女の兵隊を——そうだじょ、色違いで5匹ぐらい、徴兵してやるんだじょ。イジメられっ娘《こ》、虐待《ぎゃくたい》されてる娘、そういうのを見繕《みつくろ》っておけや」

こんな女に頼らねばならない私も、落ちたものだよ。

だがあの4人を討ち取るには、頭数がいるだろう。今は猫の手でも借りねば、だな。

小さくため息をついていると、インターホンの音。

「——貘。静刃《せいじ》君が帰ってきたみたいですよ」

高い記憶力で私の話を補足してくれていたアリスベルが、インターホンのテレビモニターを見て、郵便局から帰ってきた静刃のためにオートロックを開けている。

そして静刃を迎える準備か、鏡に向かって前髪を整えたりしているよ。

それを見て、恋心を嫌う鵺は毛玉を吐いているが——

——アリスベル。

お前にも引き続き、一役買ってもらうぞ。

うまい具合に、つかず離れずの恋心を収穫《しゅうかく》できるよう……静刃との事は、私が管理してやるからな。

お前は恋の果樹。

これからも、私にその実を喰らわせろ。

そうして共に――

0課《ゼロ》とアリアに、あの神戸《こうべ》事件の復讐《ふくしゅう》を果たそうではないか。

ほくそ笑んでしまう私を、鵺《ぬえ》が「おっ、いいゲス顔だじょ」と小声で笑い……

私は妖《あやかし》の本性を漂《ただよ》わせてしまっている表情をアリスベルに見せぬよう、窓の外に目を向ける。

そうして小雪に向かい、あの4人の顔を思い出しながら呟《つぶや》くのだ。

妖の、呪《のろ》いの言葉を。

「――恨《うら》み晴らさで、おくべきか――」

― Love & Warfare Continues ―

あとがき

『やがて魔剱《まけん》のアリスベル』では、『緋天《ひてん》・緋陽門《ひようもん》』という人工のタイムゲート、『刻《とき》の結晶』というコールドスリープなど、複数の手法によるタイムトラベルが描《えが》かれます。

そのせいで少々こんがらがった時系列について、今回は幾つかご説明します。特に、本作とクロスオーバーしている『緋弾《ひだん》のアリア』との時間的な関連も補足させていただきますね。


まず──『やがて魔剱のアリスベル』は2013年4月で始まり、アリスベルたちは3巻の後半で2010年11月に遡《さかのぼ》りました。

そしてその後、代官山《だいかんやま》のマンションで神崎《かんざき》・H・アリアの急襲《きゅうしゅう》を受けています。（3巻末のシーンです）

一方、『緋弾のアリア』は今のところ2009年4月~2010年1月の物語です。なので、あれはアリア側から見ると少し未来の出来事だったわけです。

単純に年齢を計算すると、あの3巻末に登場したアリアは18歳という事になります。

（ただし、彼女も時間を跳躍《ちょうやく》していればその限りではありませんが……！）

次に、本巻の【Episode X-05　パンスペルミアの追撃者《チェイサー》】で描かれた『神戸《こうべ》事件』――貘《ばく》と遠山《とおやま》キンジのコンタクトは、２０１３年1月。

さっきと同様に換算すると、この4巻に出てきた遠山キンジは20歳という事になります。

実際、２００９年の彼とは学校や所属が変わっているようでしたね。


1巻で描かれた祈《いのり》の過去が、実は静刃《せいじ》の主観では未来に起きる出来事だったように……今後もし何らかの方法でアリスベルたちが時間を跳躍するとしたら、その影響《えいきょう》はもう既刊のどこかに書かれているかもしれません。

また、この『やがて魔剱のアリスベル』の中に向こうの未来が描かれていたように、クロスオーバーする『緋弾のアリア』の中にもアリスベルたちの未来や過去が描かれているかもしれません。いや、赤松《あかまつ》作品の愛読者の皆さんならご存知でしょう。書かれているのです。

いやーこれは、双方とも目が離せませんね！　買いそろえるしかありませんね！（ゲス顔）

……と、顔芸をキメたところで紙面も尽きたようです。

それではまた、しばしの時の向こう側でお会いしましょう。

２０１３年9月吉日　赤松中学《あかまつちゅうがく》

◉赤松中学著作リスト

「やがて魔剱のアリスベル」（電撃文庫）
「やがて魔剱のアリスベルII 蒼穹の戦線《ストラトライン》」（同）
「やがて魔剱のアリスベルIII 熾る不死鳥《ダスク・カリエンテ》」（同）
「やがて魔剱のアリスベル　ヒロインズ・アソート」（同）
「アストロノト！」（MF文庫J）

「アストロノト！2」（同）
「アストロノト！3」（同）
「緋弾のアリア」（同）
「緋弾のアリアII 燃える銀氷《ダイヤモンドダスト》」（同）
「緋弾のアリアIII 蜂蜜色の罠《ハニー・トラップ》」（同）
「緋弾のアリアIV 堕ちた緋弾《スカーレット》」（同）
「緋弾のアリアV 序曲の終止線《プレリュード・フィーネ》」（同）
「緋弾のアリアVI 絶対半径《キリングレンジ》2051」（同）
「緋弾のアリアVII 火と風の円舞《キャスリング・ターン》」（同）
「緋弾のアリアVIII 螺旋の天空樹《トルネード・ハイ》」（同）
「緋弾のアリアIX 蒼き閃光《スパーク・アウト》」（同）
「緋弾のアリアX 禁忌の双極《アルカナム・デュオ》」（同）
「緋弾のアリアXI Gの血族《コラテラル・ブロス》」（同）
「緋弾のアリアXII 狼狗に降る雪《フォル・オブリージュ》」（同）
「緋弾のアリアXIII 反撃の九龍《ガウロン・リバース》」（同）
「緋弾のアリアXIV 招かれざる海霧《アクアマリン・クロイツ》」（同）
「緋弾のアリア リローデッド　キャストオフ・テーブル」（同）

本書に対するご意見、ご感想をお寄せください。

電撃文庫公式ホームページ 読者アンケートフォーム
http://dengekibunko.dengeki.com/
※メニューの「読者アンケート」よりお進みください。

ファンレターあて先
〒102-8584　東京都千代田区富士見1-8-19
アスキー・メディアワークス電撃文庫編集部
「赤松中学先生」係
「閏月戈先生」係

初出

「Episode X-01『心のキレイな人にはいい事がある』なんてのはお伽話で」／
「電撃文庫MAGAZINE Vol.31」(2013年4月)
「Episode X-02 京菱キリコは逆上がりができない」／「電撃文庫MAGAZINE Vol.32」(2013年6月)
「Episode X-03 スター・ストーカー・ストーカー」／「電撃文庫MAGAZINE Vol.33」(2013年8月)
「Episode X-04 妹は兄のために、姉は弟のために」／書き下ろし
「Episode X-05 パンスペルミアの追撃者(チェイサー)」／書き下ろし

文庫収録にあたり、加筆、訂正しています。

電撃文庫

やがて魔剱《まけん》のアリスベル　ヒロインズ・アソート

赤松中学《あかまつちゅうがく》

発行　二〇一三年九月十日　初版発行

発行者　塚田正晃

発行所　株式会社アスキー・メディアワークス
〒一〇二-八五八四　東京都千代田区富士見一-八-十九
電話〇三-五二一六-八三九九（編集）
http://asciimw.jp/

発売元　株式会社KADOKAWA
〒一〇二-八一七七　東京都千代田区富士見二-十三-三
電話〇三-三二三八-八五二一（営業）

装丁者　荻窪裕司（META＋MANIERA）

印刷　株式会社暁印刷

製本　株式会社ビルディング・ブックセンター

ISBN978-4-04-891941-8 C0193

電撃文庫創刊に際して

文庫は、我が国にとどまらず、世界の書籍の流れのなかで〝小さな巨人〟としての地位を築いてきた。古今東西の名著を、廉価で手に入りやすい形で提供してきたからこそ、人は文庫を自分の師として、また青春の想い出として、語りついできたのである。

その源を、文化的にはドイツのレクラム文庫に求めるにせよ、規模の上でイギリスのペンギンブックスに求めるにせよ、いま文庫は知識人の層の多様化に従って、ますますその意義を大きくしていると言ってよい。

文庫出版の意味するものは、激動の現代のみならず将来にわたって、大きくなることはあっても、小さくなることはないだろう。

「電撃文庫」は、そのように多様化した対象に応え、歴史に耐えうる作品を収録するのはもちろん、新しい世紀を迎えるにあたって、既成の枠をこえる新鮮で強烈なアイ・オープナーたりたい。

その特異さ故に、この存在は、かつて文庫がはじめて出版世界に登場したときと、同じ戸惑いを読書人に与えるかもしれない。

しかし、〈Changing Times,Changing Publishing〉時代は変わって、出版も変わる。時を重ねるなかで、精神の糧として、心の一隅を占めるものとして、次なる文化の担い手の若者たちに確かな評価を得られると信じて、ここに「電撃文庫」を出版する。

1993年6月10日
角川歴彦